ライオンつかいのフレディ

アレグザンダー・マコール・スミス 作
もりうちすみこ 訳／かじりみな子 絵

文研出版

もくじ

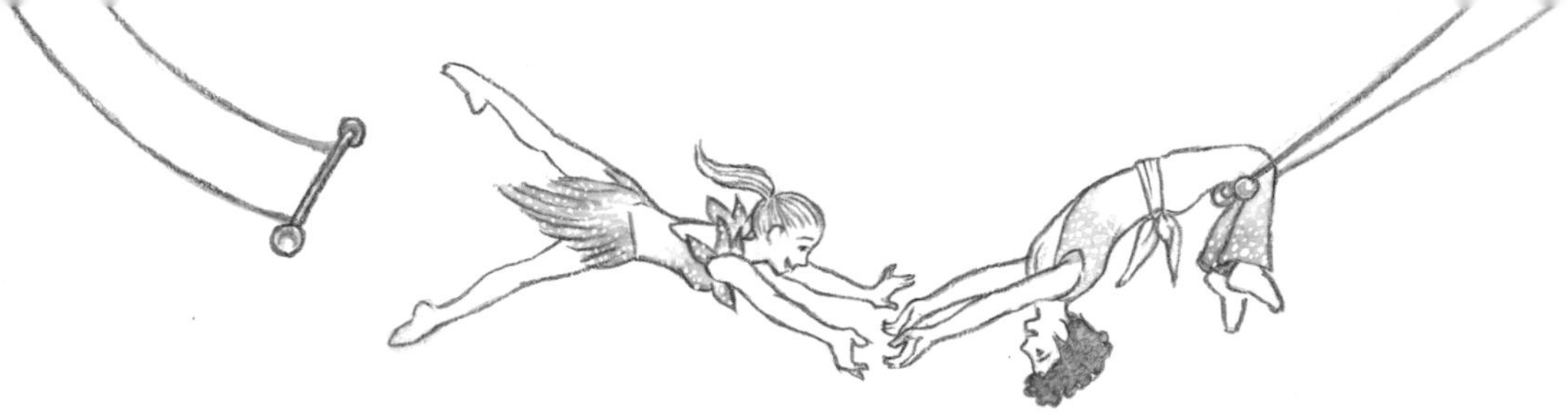

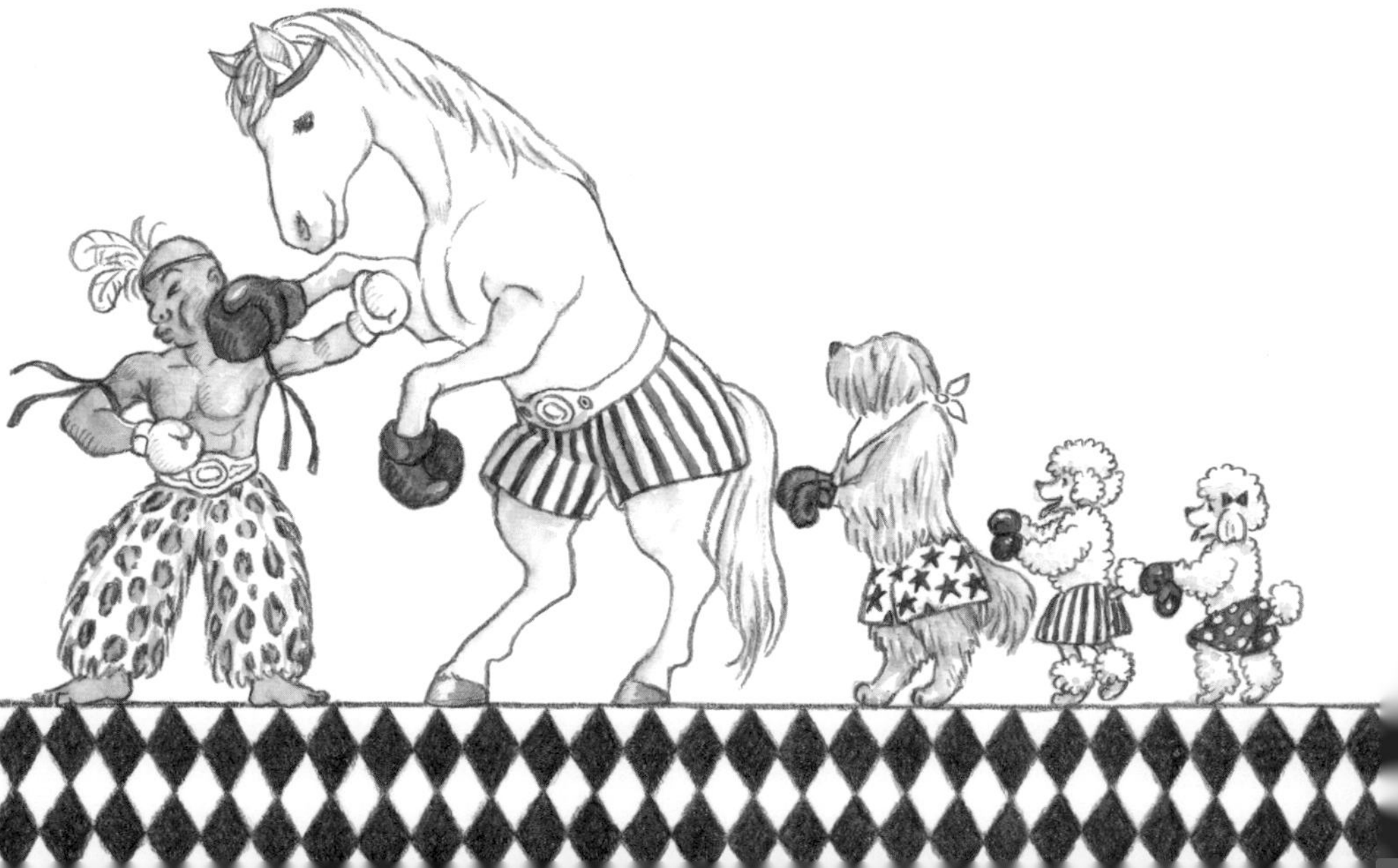

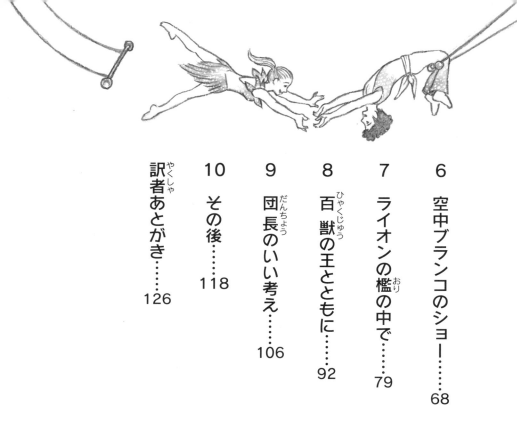

1 フレディの約束《やくそく》

この少年は、フレディ・モールです。この物語《ものがたり》の主人公《しゅじんこう》だったころ、フレディは十歳《じっさい》くらいでした。

ひょっとしたら、それよりもっと小さかったか、少し大きかったかもしれません。でも、それはたいしたことではありません。

たいせつなことは、フレディ・モールが、親切で感《かん》じのよい男の子で、みんなからすかれていたということです。

とにかく、フレディの悪口《わるくち》をいう人はひとりもいませんでした。また、たくさんの人が、フレディは自分の友だちだといいました。

フレディは、お父さんのテッド・モール、それに、ネッドとベラという双子《ふたご》の弟と妹といっしょにくらしていました。

フレディは、お父さんやおばあちゃんを手伝《てつだ》って、幼《おさな》い双子《ふたご》の世話《せわ》をしていました。というのは、お母さんがうちにいなかったからです。

お母さんのフローラ・モールは、遠い海まで航海《こうかい》する客船《きゃくせん》に乗《の》りこんで働《はたら》いていました。そうやって、家族《かぞく》のためにお金をかせいでいたのです。

お母さんは、白い制服《せいふく》を着《き》て、客室《きゃくしつ》のそうじをしたり、作りつけのベッドを整《ととの》えたり、毎日いそがしく働《はたら》いていました。

たいてい、船は遠い海をまわって、何ヶ月も帰ってきませんでした。ときには、一年間も帰ってこないこともありました。

ようやく船からおりて家に帰ってきても、お母さんはくたくたにつかれきっていて、丸一日ねむりとおしました。そうしないと、何もできなかったのです。

ねむりからさめると、やっと、お母さんはほほえんでいうのでした。

「ああ、家にいるのって、ほんとにしあわせ。」

お母さんの留守中《るすちゅう》、フレディはよくお父さんに聞きました。

「きょう、お母さんはどこにいるの？」

すると、お父さんは、台所《だいどころ》の壁《かべ》にはった世界《せかい》地図のひとところを指《ゆび》さして教えてくれます。そして、そこにピンを刺《さ》します。けれども、それはたいてい、青くぬられた海の上でした。つまり、お母さんの働《はたら》いている船が、今、その海のそこのところを航海《こうかい》しているのです。

「きょうは、南アメリカ大陸《たいりく》の海岸沿《かいがんぞ》いのこのあたりだ。」

「きょうは、ここ。もう少しでオーストラリア大陸《たいりく》につくところだ。」

それを聞いたフレディは、いつもいいます。

「お母さんが、そんなに遠くまで行かないですむといいのになあ。」

ため息《いき》をつきながら、こういうこともあります。

「ああ、お母さんが帰ってくるのが、まちどおしいよ。」

けれど、フレディは知っていました。いくらまちどおしくても、まつしかありません。そして、それはお父さんも同じなのです。

お父さんは、息子《むすこ》の肩《かた》に手をおいてこういいます。

「フレディ、おまえの気持《きも》ちはわかるよ。こんなくらしは、家族《かぞく》みんなにとってつらいことだ。だが、こうするしかないんだよ。わたしの仕事《しごと》だけじゃ、家族《かぞく》をやしなうことはできない。そして、お母さんが見つけられたたったひとつの仕事《しごと》が、船の乗務員《じょうむいん》として働《はたら》く仕事《しごと》だったんだ。ほんとにすまないと思ってる。だが、これが世《よ》の中《なか》というものだ。」

実際《じっさい》、お父さんのいうとおりなのです。お父さんの仕事《しごと》は、洗濯機修理業《せんたくきしゅうりぎょう》。一生けんめい働《はたら》いているのですが、あまりお金はかせげません。

なぜかというと、そもそも洗濯機《せんたくき》は、それほどちょくちょくこわれるものではありません。それに、修理《しゅうり》をたのむお客《きゃく》さんはいつもお金にこまっていて、修理代《しゅうりだい》をちゃんとはらえないのです。

お母さんは、船が港《みなと》につくと、かせいだお金を家に送《おく》ってくれます。でも、そのお金のほとんどが、食費《しょくひ》に消《き》えます。というのも、小さい双子《ふたご》がたいへんな大めし食らいで、ものすごいスピードで大きくなるからなのです。

双子《ふたご》が大きくなればなるほど、お父さんは、ますますたくさんの食料《しょくりょう》を買ってこなくてはなりません。

それだけではありません。服《ふく》を買うお金もかかります。

フレディは、新しい服《ふく》なんて、ほとんどもっていませんが、双子《ふたご》は、あっというまに大きくなってしまうので、お父さんは、毎月のように双子《ふたご》の服《ふく》を買わなくてはならないのです。

ときどき、お父さんもこぼします。

「もちろん、永久《えいきゅう》に今の大きさのままでいてほしいとは思わんさ。しかし、これほど速《はや》く大きくなってくれなくてもなあ。」

それでも、自分の家族《かぞく》だけをやしなえばいいのなら、お父さんの苦労《くろう》もそれほどではなかったでしょう。

じつは、お父さんをたよりにしている人たちが、ほかにもいたのです。お父さんの弟、スタンレー・モールは、あるとき事故《じこ》で、片足《かたあし》にひどいけがをしました。そして、その結果《けっか》、働《はたら》くことができなくなってしまったのです。

そこで、お父さんは、弟の家族《かぞく》がひもじい思いをすることのないよう、お金をあげなくてはなりませんでした。

そういうわけですから、月末《げつまつ》になるころには、フレディの家には、いつもほとんどお金がのこっていません。

たいてい、硬貨《こうか》がほんの二、三個《こ》。それっぽっちでは、ほんのわずかなものしか買えません。ジャガイモが数個《こ》か、大きな丸いパンが半分か、そんなところです。

フレディはお父さんにいいました。

「ぼくたちが、こんなに貧乏《びんぼう》じゃなかったらいいのに。ぼく、働《はたら》いて、少しでもお金をかせぎたいよ。」

すると、お父さんは頭をふっていいます。

「そういってくれるのは、うれしいよ。でも、おまえは学校に行って、ちゃんと勉《べん》強《きょう》しなくてはな。そうすれば、おとなになったときに、かせぎのいい仕事《しごと》につける。わたしたちを助《たす》けてくれるのは、それからでもおそくないさ。」

フレディには、お父さんのいうことが正しいと、ちゃんとわかります。それでも、家族《かぞく》のためになんとかしたくてたまりせんでした。

フレディは、お金をもうける方法《ほうほう》をいろいろ考えてみました。発明《はつめい》はどうだろう？　みんなが必要《ひつよう》だと思うものを発明《はつめい》するってのは。それとも、もしかして、近くを流《なが》れている小川をさがせば、金のかたまりか何かが見つかるかもしれないぞ。

フレディは、砂《すな》の中からダイヤモンドを見つけた人の話を、本で読んだことがあります。

最初《さいしょ》、その人は、どこにでもあるただの石だと思ったそうです。でも、洗《あら》ってみると光りだしたので、きっと高価《こうか》なものにちがいないとわかったのです。

とても貧《まず》しい人でしたが、それからはもう、たちまち大金持《おおがねも》ちになりました。つまり、そんなふうにして、お金持《かねも》ちになることもあるわけです。

でも、わたしたちは知っていますよね。そんな運《うん》のいいことは、ほかのだれかにはおこっても、けっして自分にはおこらないと。

「このあたりで、ダイヤモンドを見つけた人、いる？」と、フレディはお父さんに聞いてみました。

お父さんは、首をふっていいました。

「いないな。そんな人はひとりもいない。」

「じゃあ、金を掘《ほ》り当てた人は？」

ふたたび、お父さんは首をふりました。

「ここじゃあ、いないな。金が見つかる場所《ばしょ》は、たしかにある。だけど、ずいぶん遠いところだ。そうだなあ、オーストラリアあたりかな。」

お父さんは、息子《むすこ》をじっと見ました。

フレディが家族《かぞく》のために何かしたがっていることは、ようくわかります。けれど、あらぬ希望《きぼう》をいだかせるわけにはいきません。

それでも、お父さんは考えました。

「夢《ゆめ》をもつのは、悪《わる》いことじゃない。」

ある夜、お父さんは、フレディにふとんをかけてやりながら、いいました。

「人生《じんせい》は、けっしてあまくない。だが、わたしにひとつだけいわせてくれ。」

フレディは、だまってお父さんのことばをまちました。

「人生《じんせい》では、思いもよらないときに幸運《こううん》にめぐりあうことがある。だから、たいせつなことは、けっして望《のぞ》みをすてないことだ。」

「うん、そうするよ。ぼく、絶対《ぜったい》に望《のぞ》みをすてないって約束《やくそく》する。」

そういって目をとじたフレディに、お父さんはいいました。

「そうだ、フレディ。だって、これから先、何がおこるか、だれにもわからないんだからな。」

2 フレディ、サーカスへ行く

フレディは学校で人気者《にんきもの》だったので、友だちは、家族《かぞく》といっしょに出かけるとき、よくフレディをさそいました。

ですから、フレディは、友だちの家族《かぞく》といっしょにボウリングを楽しんだり、プールであそんだりすることができました。

映画《えいが》に招待《しょうたい》されるときは、いつも友だちが、特大《とくだい》サイズのポップコーンを買ってくれました。

サッカーの試合《しあい》のチケットをもらって、友だちや友だちのお父さんといっしょに、前のほうのとてもいい席《せき》で試合《しあい》を見たこともあります。

もちろん、そんなとき、フレディは友だちといっしょに楽しい時をすごします。

でも、同時に、そんな親切にお返《かえ》しできないことを、どうしても気づまりに感《かん》じてしまうのです。

「お返《かえ》しなんて、気にするなよ。大したことじゃないんだから。」友だちはみんなそういいます。

でも、フレディは、フレディにとっては、大したことなのです。

フレディは、自分にいい聞かせました。

「いつか、きっと、お返《かえ》ししよう。いつになるかはわからないし、どうやってできるかもわからないけど、いつか、絶対《ぜったい》にお返《かえ》しするんだ。」


フレディをさそってくれる友だちのひとりに、ルークという男の子がいました。

ある日、ルークがいいました。

「フレディ、きみ、サーカスはすきかい？　ほら、今、町にサーカスがきてるだろ？　うちのパパが、チケットを買ったんだ。きみの分もあるから、いっしょに行かない？」

フレディは、一も二もなく、よろこんでいいました。

「もちろん、行かせてもらうよ。見てみたいよ、とっても！」

ルークはフレディに、サーカスに行ったことがあるかどうか、たずねました。

「サーカスについての本は読んだことがあるけど、実際《じっさい》に見たことは一度《いちど》もないんだ。」と、フレディはこたえました。

そこで、ルークは話して聞かせました。

「サーカスって、すっごくおもしろいんだよ。ぼくんちは、去年《きょねん》も行ったんだ。空中ブランコのショーもあるし、怪力男《かいりきおとこ》が出てきて、素手《すで》で電話帳《でんわちょう》をまっぷたつに引きさいたりするんだ。もちろん、ピエロも出るよ。」

フレディは、目を丸くして聞き入りました。どれもこれも、とってもおもしろそうで、ぜひとも見てみたいものばかりです。

「それに、ライオンも出るよ。」と、ルークがつけくわえました。

フレディの目玉はとびださんばかりです。

「ライオンが？　サーカスのテントに？」

「そうだよ。サーカスの人がね、大きな檻《おり》をステージにまん中におくんだ。それから、ライオンがその檻《おり》の中に入ってきて、『ガオーッ』とほえて、イスにすわって、またほえるんだ。そりゃもう、ふるえあがるほどこわいよ。」

「そういうの、聞いたことはあるけど、実際《じっさい》に自分がそれを見られるなんて、夢《ゆめ》みたいだなあ。」と、フレディはいいました。

「あした、そんなのが全部《ぜんぶ》見られるのさ。きっと、きみ、気に入るよ。」

★★★

ここで、みなさんにサーカスのライオンのことを少しお話ししておきましょう。もし、今、あなたがサーカスを見に行くとしても、ライオンは見られないかもしれません。だから、期待《きたい》したライオンが一頭《とう》も出てこなかったといって、がっかりしないように。

この物語《ものがたり》は、今より少し前、サーカスにまだライオンがいたころの話なのです。

でも、どうしてサーカスからライオンがいなくなったのでしょう？　それは、ライオンをサーカスにだして芸《げい》をさせることは、ライオンへの思いやりに欠《か》けることだと考える人たちがいて、今ではたいていの人が、そういう考えに賛成《さんせい》するようになったからなのです。

ライオンは、もともと広い草原にすむ野生《やせい》の動物《どうぶつ》です。せまい檻《おり》の中で、小さなイスの上にとびのらなければならないなんて、ライオンにとって楽しいことではないにちがいありません。

おまけに、何百人という人がそれを見て、さけんだり、悲鳴《ひめい》を上げたりするのですから、ライオンのストレスは相当《そうとう》なものです。

そこで、サーカスでは、ライオンを出すのをやめて、そのかわり、人間がいろんなむずかしい芸《げい》をするようになりました。空中ブランコや、人間大砲《にんげんたいほう》、つまり、人間を大砲《たいほう》の筒《つつ》につっこんで、大砲《たいほう》のたまのように発射《はっしゃ》させる出《だ》し物《もの》です。

たしかに、そのほうが、ライオンにはうんと親切です。そこで、ライオンたちは全部《ぜんぶ》、サーカスよりはよいところへ送《おく》りだされました。たとえば、動物園《どうぶつえん》へ。そこでは、檻《おり》より広い部屋《へや》があたえられ、芸《げい》をしなくてもえさがもらえます。

また、アフリカなどにある広い自然動物保護地区《しぜんどうぶつほごちく》に送られたライオンもいます。そこでは、ほぼ野生《やせい》の動物《どうぶつ》にもどったような生活ができるのです。

しかし、フレディが子どものころ、ライオンはまだサーカスに出ていました。そして、友だちからサーカスのことを聞いた日の夜、フレディは、ライオンの夢《ゆめ》を見たのです。

ライオンが何頭《なんとう》いたのか、何をしていたのか、それはよく覚《おぼ》えていません。でも、たしかに夢《ゆめ》の中にライオンが出てきて、黒っぽいたてがみをふりたて、黄色い目で射《い》ぬくように、フレディを見つめたのです。

悪夢《あくむ》というほどこわい夢《ゆめ》ではありませんでしたが、夢《ゆめ》からさめたときには、さすがに、ほっとしました。

★★★

つぎの日、フレディは、ふたつの理由《りゆう》で、朝からワクワクしていました。サーカスを見に行ける、というだけでなく、あすからは夏休みになるのです。長い休みの前の日は、だれにとってもゆかいです。だれだって、毎日毎日学校に通うより、自由《じゆう》にすきなことをしたいにきまっていますからね。

もし、あなたが、そんなウキウキした気持《きも》ちと、今晩《こんばん》サーカスが見られるというワクワクする気持《きも》ちを合わせてみたら、きょうのフレディの気持《きも》ちがじゅうぶん想《そう》像《ぞう》できるでしょう。

サーカスの会場は、ひとつの巨大《きょだい》なテントでした。テントのてっぺんからは、色とりどりの旗《はた》を下げた綱《つな》が四方八方《しほうはっぽう》に張《は》られています。

テントのまわりには、大小のワゴン車や台車がとまっています。サーカスに必要《ひつよう》なもの、つまり、ショーに使《つか》う道具《どうぐ》や動物《どうぶつ》のえさなどが積《つ》みこまれているのです。もちろん、サーカスの人たちが寝泊《ねと》まりするキャンピングカーも何台もあります。

ですから、サーカス全体《ぜんたい》は、まるで本物《ほんもの》の町のはしっこにくっついた小さな村のようでした。ルークとフレディは、ルークの両親《りょうしん》につれられて、そんなサーカス村にやってきました。

係《かかり》の人にチケットをわたすと、みんなはテントの中に案内《あんない》されました。

フレディは、なにもかも生まれてはじめてです。

テントの内部は巨大《きょだい》な洞窟《どうくつ》のよう。たくさんの照明《しょうめい》がともされ、スピーカーから音楽が流《なが》れ、ほこりっぽいテント独特《どくとく》のにおいがします。

まん中には円形のステージ。そして、そのまわりを木製《もくせい》の客席《きゃくせき》がいくえにもとりまいて、テントの壁際《かべぎわ》までせりあがっています。

みるみるうちに、テントの中は人でいっぱいになり、空《あ》いている席《せき》はひとつもなくなりました。

フレディは、ルークといっしょに一番前の席《せき》にすわりました。ショーが一番よく見える特等席《とくとうせき》です。

音楽隊《おんがくたい》が演奏《えんそう》をはじめました。

照明《しょうめい》が落《お》とされ、テントの中がだんだん暗《くら》くなると、ルークとフレディは、イスから落《お》っこちそうになるほど身《み》をのりだしました。

とうとう、まっ暗《くら》になりました、おがくずをしきつめた円形のステージだけが、スポットライトにあかあかとてらされています。

とつぜん、楽隊《がくたい》の演奏《えんそう》がピタリとやみ、「**パラララ……**」とドラムがすごい速《はや》さで打《う》ちはじめました。

その音がしだいに高まって、頂点《ちょうてん》に達《たっ》したかと思うと、まっ赤《か》なえんび服《ふく》に黒い山高帽《やまたかぼう》の男がステージにとびこんできて、深々《ふかぶか》とおじぎをしました。

「団長《だんちょう》だよ。」と、ルークのお父さんがささやきました。「あの人が、このサーカスをとりしきる一番えらい人なんだ。」

「**ご観覧《かんらん》においでの紳士《しんし》淑女《しゅくじょ》、少年少女のみなさん！　おまたせしました。いよいよサーカスのはじまりです！**」

団長《だんちょう》は、高らかに宣言《せんげん》すると、もう一度《いちど》深々《ふかぶか》と頭を下げました。ふたたび、照明《しょうめい》があかあかとともされました。

いきなり軽《かろ》やかな足どりでステージにとびこんできた男女のふたり組を、フレディはワクワクしながら見つめました。

金色の衣装《いしょう》を着《き》たふたりは、観客《かんきゃく》に手をふると、それぞれ、ステージの両側《りょうがわ》に立っているふたつのはしごを登《のぼ》りはじめました。

はしごは、テントの天井《てんじょう》にとどくほど高くそそりたっています。

団長《だんちょう》が、観客《かんきゃく》にむかって大声を張《は》り上げました。

「みなさん！　どうか静粛《せいしゅく》に！　今からごらんいただきますのは、それはそれは恐《おそ》ろしく危険《きけん》な技《わざ》であります。ほんのひとつのわずかなミスが……。」

団長《だんちょう》がとつぜんことばを切ったので、会場は水を打《う》ったように静《しず》まりかえりました。

「悲劇的《ひげきてき》な事故《じこ》につながるのです！」

思わずだれかが恐怖《きょうふ》の悲鳴《ひめい》をもらしましたが、「**パララララ……**」というドラムの音にかき消《け》されました。

今や、ふたりははしごの上まで登《のぼ》りつめ、小さな足場《あしば》に立っています。

そして、それぞれが、長いひものついた空中ブランコをつかんだかと思うと、テントのどまん中の大きな空間にむかって、サッとこぎだしたのです。

フレディは息《いき》をのみました。

たしかに団長《だんちょう》のいったとおり、これはおそろしく危険《きけん》な演技《えんぎ》です。

でも、そのとき、フレディはステージの床《ゆか》近くに張《は》られたネットに気づきました。

万一、手をすべらせて落《お》っこちても、このネットがうけとめてくれるというわけなのでしょう。

でも、ブランコからネットまでは、たいへんな距離《きょり》です。

たとえ安全《あんぜん》だとしても、あんな高いところから落《お》ちるなんて、ぼくは絶対《ぜったい》にごめんだ！　とフレディは思いました。

はなやかな空中ブランコの演技《えんぎ》につづいて、さまざまな出《だ》し物《もの》があり、そのすべてがスリルに満《み》ちたものでした。

ルークのいったとおり、ライオンも登場《とうじょう》しました。フレディには、なんといっても、このショーが一番でした。本物《ほんもの》のライオンなんて一頭《とう》だって見たことがなかったのに、それが四頭《とう》も出てきて、恐《おそ》ろしいうなり声を上げ、ライオンつかいや観客《かんきゃく》にむかって牙《きば》をむきだしたのですから。

ライオンがひと声ほえるたび、観客《かんきゃく》はひとりのこらず恐怖《きょうふ》にふるえあがりました。

「あの中に入るなんて、ぼくは死《し》んでもいやだな。」ステージの上の檻《おり》を指《ゆび》さして、ルークがささやきました。

ライオンが観客《かんきゃく》のほうへ出ていかないよう、その檻《おり》の中でショーがおこなわれているのです。

フレディは、ちょっと考えてみました。

ぼくは、あのライオンの群《む》れ、いや、あの一頭《とう》にだって近づく勇気《ゆうき》があるだろうか？

そんな勇気《ゆうき》はないな、とフレディはすぐにこたえをだしました。

そもそも、そんなチャンスがあるとも思えません。

けれども、ときどき人間は思いちがいをします。将来《しょうらい》についての予想《よそう》がまったくはずれて、そんなことありそうにないな、いや絶対《ぜったい》にありえない、と思っていたことが、実際《じっさい》におこることもあります。

このあとフレディにおこったことは、まさにそれだったのです。

3 サーカス事務所《じむしょ》で

学校が長い休みに入ると、ときどきフレディは、お父さんの仕事《しごと》の洗濯機修理《せんたくきしゅうり》業《ぎょう》を手伝《てつだ》います。

朝、お父さんとフレディは、双子《ふたご》をおばあちゃんの家にあずけて、ワゴン車で出かけます。

お父さんが洗濯機《せんたくき》の修理《しゅうり》をしているあいだ、フレディはネジをしめるのを手伝《てつだ》ったり、道具《どうぐ》を手わたしたりします。

昼になると、ふたりはワゴン車の荷台《にだい》にこしかけ、いっしょにサンドイッチを食べます。そんなとき、フレディは、まるで自分がおとなになって、本物《ほんもの》の仕事《しごと》をしているような気持《きも》ちになります。もちろん、お父さんが給料《きゅうりょう》をはらってくれるわけではありませんが。

サーカスを見に行って何日かたったある日、フレディはお父さんと仕事《しごと》に出かけました。

その日は、とてもいそがしい日でした。洗濯機《せんたくき》があちこちでこわれ、仕事《しごと》がいっぱいあったのです。

けれど、昼ごはんのサンドイッチを食べるとき、フレディはお父さんに、ルークと行ったサーカスがどんなにおもしろかったかを話すことができました。

「ピエロって、すごくおかしくってね、スプレーでおたがいに泡《あわ》をかけあうんだよ。それから、犬の芸当《げいとう》も楽しかったなあ。それに、空中ブランコ乗《の》りの人なんか、ものすごく高いところで演技《えんぎ》するんだよ。」

「おまえの話を聞いてると、子どものころに見たサーカスを思いだすよ。サーカスっていうのは、わすれられないもんだな。」と、お父さんのテッド・モールがいいました。

フレディは話をつづけました。

「それから、ライオンも出たんだよ。四頭《とう》のでっかいライオンが牙《きば》をむきだして、こんなふうにほえるんだ……。」

フレディは、ライオンのほえるまねをしました。でも、もちろん、フレディがどんなにがんばっても、本物《ほんもの》みたいな恐《おそ》ろしい声は出ません。

「わたしもライオンはにがてだな。すきあらばえものにとびかかろうという危険《きけん》な猛獣《もうじゅう》だ。」

そういうと、お父さんは腕時計《うでどけい》に目をやりました。

「さあ、フレディ、昼休みは終《お》わった。仕事《しごと》にもどろう。」

ふたりは、三時まで熱心《ねっしん》に働《はたら》きました。作業場《さぎょうば》に帰って道具《どうぐ》を片《かた》づけていると、電話が鳴りました。

「フレディ、きょうは、おそくまで働《はたら》くことになるかもしれんな。」そういって、お父さんが受話器《じゅわき》をとりました。

「もしもし、こちらはテッド・モール洗濯機修理店《せんたくきしゅうりてん》です……。」

電話の相手《あいて》の声は、聞こえません。フレディにわかったのは、お父さんが「すぐ、まいります。」と返事《へんじ》をしたことだけでした。

お父さんは受話器《じゅわき》をおくと、フレディにむきなおっていいました。

「まさかの相手だ。今の電話がだれからか、見当《けんとう》がつくかい？」

フレディは、首をふりました。

「サーカスの団長《だんちょう》だよ、おまえがこの前行ったサーカスの！」そういって、お父さんはわらいました。「サーカスにも洗濯機《せんたくき》が一台あって、ワゴン車のひとつに乗《の》せてあるらしい。きっと、みんなの衣装《いしょう》やなんかを洗《あら》うんだろうな。それが……。」

「こわれたの？」

お父さんがうなずきました。

「そのとおり。それで、三十分以内《いない》に修理《しゅうり》にきてほしいんだそうだ。さあ、おろした道具《どうぐ》をまた積《つ》みなおして、行くぞ。」

準備《じゅんび》をしながら、フレディはワクワクしてきました。

この前サーカスを見たときは、はなやかなショーの裏《うら》でどんなことが行われているのか、ほとんどわかりませんでした。でも、きょう、それが見られるのです。

それに、団長《だんちょう》に会うことになれば、ひょっとしてピエロにも会わせてもらえるかもしれません。

何かをまっている時間というのは、とても長く感《かん》じられるものです。出かける準《じゅん》備《び》をするたったの三十分が、フレディには今までで一番長い三十分に思えました。

でも、ついに準備《じゅんび》は完了《かんりょう》し、フレディとお父さんは、サーカスのテントが張《は》られている町はずれの空き地へむかって出発《しゅっぱつ》しました。

団長《だんちょう》が、首を長くしてまっているはずです。

サーカス村の入口で、団長《だんちょう》は、両手《りょうて》を広げてふたりをむかえました。

えんび服《ふく》に山高帽《やまたかぼう》ではなく、ふだん着《ぎ》を着《き》ています。といっても、サーカスの団《だん》長《ちょう》が仕事《しごと》のない日に着《き》そうな服《ふく》です。

団長《だんちょう》は、まずお父さんのテッド・モールと握手《あくしゅ》をし、それからフレディとも握《あく》手《しゅ》をしました。

「よかった、早くきてくれて！　衣装《いしょう》を洗《あら》うのに、洗濯機《せんたくき》がどうしても必要《ひつよう》なんだよ。サーカスってのは、けっこうよごれる仕事《しごと》なんだが、つねに格好《かっこう》よく見せなくてはならんのでね。洗濯機《せんたくき》が使《つか》えないとなると、大問題《だいもんだい》なんだ。」

団長はふたりを、大きなワゴン車へ案内《あんない》しました。

後部《こうぶ》のドアが両開《りょうびら》きになっていて、中には、洗《あら》わなくてはならない洗濯物《せんたくもの》のかごがいくつもあり、そのそばに、今まで見たこともないような巨大《きょだい》な洗濯機《せんたくき》がおかれています。

お父さんは、思わず口笛《くちぶえ》を鳴らしました。

「こりゃ、洗濯機《せんたくき》の怪物《かいぶつ》だ！　こんなでっかい洗濯機《せんたくき》を修理《しゅうり》するのは、生まれてははじめてだ。」

「いや、あなたなら、かんたんになおせますとも。見てくれているあいだに、ちょっとお茶でも用意《ようい》しますよ。」

団長《だんちょう》は、そういって出ていきました。

サーカスで、お茶⁉

思いがけないもてなしに、フレディは、ついほほえんでしまいました。

お父さんは、さっそくシャツのそでをまくりあげ、そのバカでかい洗濯機《せんたくき》の修理《しゅうり》にとりかかりました。

「どこが悪《わる》いのか、わかる?」フレディは洗濯機《せんたくき》の横《よこ》にしゃがみ、下にもぐりこんで調《しら》べているお父さんに声をかけました。

洗濯機《せんたくき》の下から、くぐもった声がかえってきました。

「回転《かいてん》する部分《ぶぶん》が、上下する部分《ぶぶん》に引っかかってる。それに、出たり入ったりする部分《ぶぶん》が横《よこ》にずれてるようだ。すぐなおせるよ。」

お父さんは、フレディにネジまわしをとってくれるようたのみました。それから、

今度《こんど》はペンチを。そのあとしばらく、ガンガン、ガタガタ、音がしていましたが、しばらくすると、お父さんが洗濯機《せんたくき》の下から出てきて、汗《あせ》をぬぐっていいました。

「なおったよ。」

ちょうど、ふたり分のお茶をもってもどった団長《だんちょう》は、洗濯機《せんたくき》がもうなおってしまったと聞いて、ひどくおどろきました。

「事務所《じむしょ》のほうにきてくださらんか。お茶はそこでのんでいただくとして。修理代《しゅうりだい》をはらいますよ。」

フレディとお父さんは、団長《だんちょう》のあとから、大きなキャンピングカーにむかいました。

車の側面《そくめん》に、赤いペンキで大きく「サーカス事務所《じむしょ》」と書かれています。中には、机《つくえ》がひとつ、戸棚《とだな》、それにチケットの代金《だいきん》をしまっておく大きな金庫《きんこ》がありました。

お父さんが修理《しゅうり》の代金を伝《つた》えると、団長《だんちょう》はすぐにしはらいました。

それから、フレディとお父さんは、団長《だんちょう》の机《つくえ》の前のイスにすわってお茶をのみ、団長《だんちょう》はふたりに、サーカス稼業《かぎょう》についてのいろいろな話をしました。

「今のところ、サーカスはたいへんうまくいっとるんです。ただ、人手が少々足りなくて、弱っとるんですよ。チケットや何やかやを手伝《てつだ》ってくれていた女性《じょせい》が、赤んぼうを産《う》むために休んでおるし、アシスタントの青年は、夏休み中も手伝《てつだ》ってくれるはずだったんだが、もうやりたくないといってやめてしまった。仕事《しごと》をきらって、ぶらぶらしてばかりで、こまったもんです。」

「役立《やくた》たずの若者《わかもの》だな。」と、お父さんがいいました。

「そうなんですよ、見こみのないやつです。ぶらぶらするより、ずっとおもしろいことがあるっていうのに、なんで、ぶらぶらするんでしょうな?」

フレディは、だまってふたりの会話を聞いていましたが、お父さんの顔を横目《よこめ》で見ると、勇気《ゆうき》をふるいおこしてこういいました。

「かわりの人は、見つかったんですか?」

団長《だんちょう》は、肩《かた》をすくめてこたえました。

「張り紙《はりがみ》をだして、知らせたんだよ。『働《はたら》き者《もの》の若者《わかもの》、求《もと》む。高収入《こうしゅうにゅう》の仕事《しごと》』ってね。だが、なんと、ひとりも応募《おうぼ》してこないんだ。ひとりも!!」

「ぶらぶらしたがるやつばかりなんだな。みんななまけ者《もの》だよ、今の若者《わかもの》は。」と、お父さんがいいました。

フレディはまた、お父さんの顔を見ました。それから、団長《だんちょう》の顔をじっと見て、小さな声でいいました。

「働《はたら》くのがすきな人も、いますよ。」

団長《だんちょう》は、おどろいたようにフレディを見ていいました。

「そりゃいるだろうな、どこかに。でも、いったいどこにいる？　知りたいもんだ。」

心臓《しんぞう》が、今にもとびだしそうにドッキンドッキン打《う》っています。それでも、フレディはいいました。

「あなたの目の前に、ひとりすわっていますよ。」

団長《だんちょう》とお父さんは、穴《あな》のあくほどフレディを見つめました。

団長《だんちょう》が、やっと口をききました。

「つまり、きみは、自分のことをいっているのかね？」

すると、お父さんがいいました。

「いや、実際《じっさい》、息子《むすこ》はたいへんな働《はたら》き者《もの》です。休み中は、わたしの仕事《しごと》を手伝《てつだ》ってくれるんですが、道具《どうぐ》をとってくれたり、自分でもじょうずにネジをしめたりできるので、とても役《やく》に立つんです。それは、わたしが保証《ほしょう》します。」

「それに、ぼくは、作業《さぎょう》のあと片《かた》づけもやります。もし、床《ゆか》に油《あぶら》がこぼれていたら、モップできれいにふきとります。水だって、ふきとります。」と、フレディはつけくわえました。

お父さんは、それにうなずいていいました。

「息子《むすこ》は、たいへんきれいずきなんですよ。『全国《ぜんこく》きれいずきコンテスト』があれば、きっと優勝《ゆうしょう》するだろうといわれるほどです。べつに、自分の息子《むすこ》だから、そういっているんじゃありませんよ。みんなが、そういうんです。」

ここで、ちょっと話がとぎれ、事務所《じむしょ》はシンとしました。フレディは、床《ゆか》に目を落《お》としました。

フレディは、とてもひかえめな少年なので、自分のことをベラベラ自慢《じまん》するなんてことはけっしてしません。でも、お父さんが他人《たにん》にむかって自分のことをほめてくれたことは、たいへんうれしく思いました。

フレディは、ほんの少し目を上げました。団長《だんちょう》が、真剣《しんけん》な顔でこちらを見つめています。

団長《だんちょう》は、せきばらいをして話しだしました。

「きみ、ここで働《はたら》く気があるかい？　給料《きゅうりょう》ははずむよ。きみが働《はたら》き者《もの》だってことは、ひと目見ればわかる。もし、ここで働《はたら》いてくれたら、朝めしも昼めしも晩《ばん》めしも、全部《ぜんぶ》タダだ。サーカスの団員《だんいん》たちといっしょに食べてくれ。寝《ね》るところは、団《だん》員《いん》の車のひとつに、きみ用のベッドを用意《ようい》させよう。一週間に一日は休みだから、お父さんのところへ帰ることもできる。どうだね、働《はたら》いてみないか？」

フレディは息《いき》をつめたまま、お父さんを見ました。心の中で一生けんめい、こう願《ねが》いながら。

お父さん、「いい」っていって！　お願い！

お父さんは、すぐにはこたえられませんでした。

「さあ、どうでしょう。わたしには……。」

けれど、フレディの顔を見たとたん、こたえはわかりました。

「わかった。いいよ、フレディ、ここで働《はたら》いても。ただし、休み中だけだよ。」

フレディはいきおいよく立ち上がると、両手《りょうて》を広げてお父さんにだきつき、小声でいいました。

「ありがとう、お父さん。」

団長《だんちょう》が、にっこりとほほえみました。

「うれしいですな。よく働《はたら》くうえに、ちゃんと礼《れい》のいえる少年がいるっていうのは。

さて、いつから働《はたら》いてもらえるのかね？」

「あすからでは？」と、フレディはたずねました。

「じゃあ、そうしよう。あすの朝一番に、きみをまってるよ。」

4 最初《さいしょ》の仕事《しごと》

つぎの朝早く、お父さんのテッド・モールは、フレディを車でサーカス村につれていき、入口でおろしました。

「歯《は》ブラシは、ちゃんともってるかい？」

フレディは、自分のカバンを指《ゆび》さしてこたえました。

「うん、この中にあるよ。」

「洗《あら》ったくつ下は？」

フレディは、またカバンを指《ゆび》さしました。

貧《まず》しいフレディには、くつ下が二足《そく》しかありません。同じくつ下を二日以上《いじょう》つづけてはかないようにするには、洗濯《せんたく》が欠《か》かせません。

お父さんは、フレディを見ていいました。

「からだに気をつけて。一生けんめい働《はたら》くんだよ。」

フレディは、あやうく泣《な》きそうになりました。今まで、家をはなれてくらしたことなど一度《いちど》もないのです。

ほんの一瞬《いっしゅん》、フレディは迷《まよ》いました。

これでよかったんだろうか？

お父さんも、フレディのそんな気持《きも》ちを感《かん》じとったのでしょう。こういいたしました。

「今からやめても、おそくないんだよ。」

フレディは、もう少しでそうしてしまうところでしたが、思いとどまりました。

車から二、三歩はなれて、お父さんに手をふりました。

そして、お父さんのワゴン車が見えなくなるまで見送《みおく》ると、まわれ右をして、サーカスの事務所《じむしょ》にむかいました。

団長《だんちょう》が、事務所《じむしょ》の大きなキャンピングカーのステップに立って、まっていました。

「よし、フレディ、すぐにはじめてくれ。最初《さいしょ》の仕事《しごと》は、そうじだ。昨晩《さくばん》のショーで客《きゃく》がのこしていったゴミを片《かた》づけるんだ。客《きゃく》は行儀《ぎょうぎ》が悪《わる》くてな。紙くずもピーナッツの殻《から》もちらかしほうだいだ。イスの下に何が落《お》っこちてるか、わかったもんじゃない。これを全部片《ぜんぶかた》づけてテントの中をきれいにするのは、なみたいていの仕事《しごと》じゃないが、フレディ、それがきみの初仕事《はつしごと》だ。」

フレディは、ほうきとゴミ袋《ぶくろ》をもって、テントの中に入りました。そして、座席《ざせき》のあいだにもぐりこんで、イスの下に落《お》ちているゴミをひろいはじめました。

団長《だんちょう》のいったとおりです。なんとたくさんのゴミでしょう！

アイスクリームの包《つつ》み紙《がみ》、ポップコーンの容器《ようき》、いらなくなったチケットや紙くず、さらに、食べかけのハンバーガーやホットドッグまで落《お》ちています。帽子《ぼうし》がひとつと、片《かた》ほうだけの手袋《てぶくろ》も見つかりました。

フレディは、そんなゴミを全部《ぜんぶ》ひろって、ゴミ袋《ぶくろ》に入れました。

ただ、帽子《ぼうし》と手袋《てぶくろ》だけは、べつにしておきました。落《お》とし主《ぬし》がもどってくるかもしれないので、団長《だんちょう》にわたしておいたほうがいいと思ったのです。

ゴミ袋《ぶくろ》はすぐにいっぱいになりました。けれども、フレディは、最後《さいご》のひとつまでのこさずひろって袋《ふくろ》につめこみました。

しばらくすると、団長《だんちょう》がようすを見にきました。フレディの仕《し》事《ごと》ぶりに大満足《だいまんぞく》です。

「よくやった、フレディ。前にいた若者《わかもの》は、ゴミひろいとなると、いいかげんにしかやれんやつでな。ひろった分と同じくらいのゴミが

のこっておるんだ。しかし、きみは、しっかりやったな！」

フレディが、はじめての仕事《しごと》をとてもよくやりとげたので、団長《だんちょう》は、食堂用《しょくどうよう》のテントに行って団員《だんいん》といっしょに朝ごはんを食べてくるように、といいました。ただし、食事《しょくじ》がすんだら、コックのところへ行って皿洗《さらあら》いの手伝《てつだ》いをし、そのあとは、サーカスにいる動物《どうぶつ》にえさをやるという仕事《しごと》がまっています。

フレディが食堂《しょくどう》のテントに入ると、団員《だんいん》たちが大勢《おおぜい》いて、朝食《ちょうしょく》のまっさい中でした。

ひとりの女の人がフレディに気づいて、自分の横《よこ》の空《あ》いている席《せき》にすわるよう手《て》招《まね》きしてくれました。

フレディがすわると、その人は話しかけました。

「あなた、新人《しんじん》ね？」

「はい。きょうから、手伝《てつだ》いに入ったんです。」とフレディは、おそるおそるまわりを見まわしながら、こたえました。

「あら、そうなの。わたし、リサ。よろしく。それから、こっちはゴドフリー。」

その人はそういって、自分のとなりにすわっている男の人を指《ゆび》さしました。その男性《だんせい》は、フレディに手をのばして握手《あくしゅ》しました。

リサがいいました。

「わたしたち、空中ブランコ乗《の》りなのよ。」

「ぼく、見ました、この前サーカスにきたとき。あなたたちのショー、すばらしかったです。」

「まあ、うれしいことといってくれるわ！　ゴドフリー、聞いた？　この新人《しんじん》さん、わたしたちのショー、すばらしかったって！」リサは、ゴドフリーの肩《かた》をたたきました。

ゴドフリーは、フレディを見て、うなずきながらいいました。

「おまえさんは紳士《しんし》だな。この前までいた小僧《こぞう》は、礼儀《れいぎ》がなってなかったなあ。」

「ほんとに、そうね。あの子の前にいた子もそうだったし、その前の子も。みーんな、礼儀《れいぎ》知らずのなまけ者《もの》だったわ。」

コックの白い服《ふく》を着《き》た男の人が、テントの裏《うら》から料理《りょうり》の皿《さら》をもってあらわれ、フレディの前におきました。そして、きげんよくいいました。

「団長《だんちょう》がいってたぞ。ゴミをきっちり片《かた》づけたんだって？　さあ、団長《だんちょう》からのごほうび、スペシャルメニューの朝めしだ！」

フレディは、その朝ごはんの大皿《おおざら》を見つめました。

おなかはぺこぺこです。朝から一生けんめいに働《はたら》いたせいばかりではありません。フレディのうちにはお金がなくて、先週は、ほんの少しの食料品《しょくりょうひん》しか買えなかったのです。

今、フレディの目の前には、ソーセージ、目玉焼《めだまや》き、ベーコン、トマト、それに、おいしそうなでっかいマッシュルームがどっさり大皿《おおざら》に盛《も》られています。

「さあ、遠慮《えんりょ》なく食って！　食いおわったら、台所《だいどころ》にきて、皿洗《さらあら》いを手伝《てつだ》ってくれ。」

フレディは食べました。すばらしくおいしい朝食《ちょうしょく》の最後《さいご》のひと口まで、ようく味《あじ》わって食べつくしました。

おなかが、気持《きも》ちよくいっぱいになりました。こんなふうに満腹《まんぷく》になったのは、ずいぶんひさしぶりです。

おなかがいっぱいになるのって、こんなにいい気分だったんだ！と、フレディはあらためて思いました。

でも、フレディは、そのままおなかをさすりながら、ぼんやりすわりこんでいたのではありません。すぐに立ち上がり、まっすぐ台所《だいどころ》へ行きました。

そこには、コックと、よごれたお皿《さら》やカップが山のようにまちかまえていました。コックから手順《てじゅん》を教えてもらうと、フレディはすぐに仕事《しごと》にとりかかりました。

まず、よごれた食器《しょっき》を石けん水の中につけ、つぎにブラシでよごれをこすりおとします。それから、かわかして、重《かさ》ねて片《かた》づけるのです。

フレディは、手早く仕事《しごと》を進《すす》めました。三十分もたたないうちに、食器《しょっき》はピカピ

カになってラックにならべられ、つぎの出番をまっていました。

コックはとてもよろこんで、フレディのせなかをポン！　とたたきました。

「前にいた若《わか》いやつより、十倍《じゅうばい》もいいよ。あいつが皿《さら》を洗《あら》うと、洗《あら》う前より、もっとよごれるんだ。まったく、だらしのないやろうだったなあ。」

コックは、ごほうびにリンゴをくれました。フレディは、ほめことばとリンゴの両方《りょうほう》をうれしく思いました。

そんな調子《ちょうし》で、フレディは昼食《ちゅうしょく》の時間までに、その日の仕事《しごと》を全部終《ぜんぶお》わってしまいました。

「きみは仕事《しごと》が速《はや》いなあ。このスピードでやってくれるんなら、午後の時間は自由《じゆう》に使っていいよ。夜のショーの時間になったら、また働《はたら》いてくれ。」と、団長《だんちょう》がいいました。

「でも、ぼく、午後はここで何をしたらいいんでしょうか？」と、フレディはたずねました。

団長《だんちょう》は、おどろいた顔でいいました。

「何をって、午後は練習《れんしゅう》の時間にきまっとるさ。」

「練習《れんしゅう》?」

「ショーの演技《えんぎ》の練習《れんしゅう》だよ。本番で失敗《しっぱい》なくやるには、毎日練習《れんしゅう》せねばならん。あんなむずかしい演技《えんぎ》を楽々《らくらく》とやってるみたいに見せるのに、練習《れんしゅう》がいらないとでも思うのかい? だから、練習《れんしゅう》! さあ、練習《れんしゅう》だ!」

「でも、ぼくは……。」

「もちろん、きみも練習《れんしゅう》しなくちゃならん。だって、きみは代役《だいやく》をつとめるんだから。そのこと、いってなかったかな?」

フレディはこまってしまいました。その「代役《だいやく》」の意味《いみ》が、よくわからないのです。意味《いみ》がわからないのに、どうやってそれをつとめればいいのでしょう?

「ああ、そうか。きみは、代役《だいやく》がなんなのか、知らないんだな?」

フレディがうなずいたので、団長《だんちょう》は説明《せつめい》をはじめました。

「代役《だいやく》というのは、サーカス用語なんだ。もっとも、演劇《えんげき》や、いろんなショーの世界《せかい》でも使《つか》われることばだ。ここまでは、わかるな？」

フレディは、ためらいながら、うなずきました。

「つまり、代役《だいやく》とはだな、病気《びょうき》になったり、休暇《きゅうか》をとったりした者《もの》のかわりに、演技《えんぎ》をする者《もの》のことだ。ま、補欠《ほけつ》のようなものだ。さあ、わかったかな？」

あまりのことに、フレディは、団長《だんちょう》を穴《あな》のあくほど見つめたまま、動《うご》けませんでした。

自分がサーカスに出るなんて、今の今まで考えたこともありません。フレディは、今、自分がこわいのか、うれしいのか、判断《はんだん》がつきませんでした。

団長《だんちょう》は、ほんの少し考えているようすでしたが、すぐにこういいました。

「まあ、そういうわけだ。きょうの午後、リサとゴドフリーがコツを教えてくれるだろう。まあ、コツコツやるんだな。」

団長《だんちょう》は、自分のしゃれに、さもおかしそうにわらいましたが、フレディはわらうどころではありません。

「そ、それって、空中ブランコに乗《の》るってことですか？」

「そうだよ。きみなら、きっと大すきになるよ。前にいた子はちがったがな。あいつは何度《なんど》やっても、すぐ手をはなして落《お》っこっちまう。なんでそうなるのか、さっぱりわからん。たぶん、高所恐怖症《こうしょきょうふしょう》だったんだろう。何をやらせても、たよりにならんやつだった！」

フレディは、ゴクンとつばをのみこみ、自分にいい聞かせました。

ぼくは、たよりにならんやつじゃないぞ。今こそ、勇気《ゆうき》をださなきゃ。

5 代役《だいやく》

ドッキンドッキンと、心臓《しんぞう》がはげしく打《う》っています。

フレディは、テントの入口の垂《た》れ幕《まく》をくぐって、中に入りました。ライトにてらされた中央《ちゅうおう》の丸いステージのほか、暗《くら》くて何も見えません。

「フレディ！」

暗闇《くらやみ》の中から声がしました。リサの声です。

つづいて、どこか高いところから、べつの声がふってきました。

「上がってこいよ、リサに助《たす》けてもらって。」

この声はゴドフリーです。

フレディは、ゆっくりとステージのほうへ歩いていきました。

ステージの光の中へ、リサがあらわれました。この前のショーのときと同じ、きらびやかな衣装《いしょう》を着《き》ています。

「はい、これ。」リサがフレディに、スパンコールのびっしりついたキラキラの衣《い》装《しょう》をさしだしました。

「あなたにちょうどいいサイズのはずよ。チケット売り場の中で着《き》がえてらっしゃい。」

フレディは、いわれたとおり、今までさわったこともないような、はでな衣装《いしょう》を身《み》に着《つ》けました。

とても奇妙《きみょう》な気分です。

こんな一人前の格好《かっこう》をしているくせに、空中ブランコの乗《の》りかたなんて、これっぽっちも知らないのですから。

それでも、フレディはステージのほうへもどり、リサの前に立ちました。さっきからずっと、からだが小きざみにふるえています。

「そんなに緊張《きんちょう》することないわ。とっても危険《きけん》に見えるけど、じつはまったく安《あん》全《ぜん》なの。下にネットが張《は》ってあるから。もし落《お》っこちたとしても、ネットの上で、はずむだけよ。」

「ほんとうに？」と、フレディは上を見上げました。

「ほんとうよ。」と、リサがわらいました。

リサは、フレディの手をとると、なわばしごのほうへつれていきました。

「さあ、今から、あの上の足場《あしば》まで登《のぼ》るわよ。ブランコは、あそこにあるの。まず、わたしが、そこから、わざと落《お》ちる。ネットがあるから安全《あんぜん》だってことがわかるわ。そのあと、あなたも同じようにやるの。」

フレディは、思わず息《いき》をのみました。

「お、落《お》ちるの？」

「そう。とってもかんたんなのよ。ただブランコから手をはなして、あとは自然《しぜん》に身《み》をまかせるだけ。そりゃもちろん、落《お》ちるわよ。でも、ネットの上だから、ポーンとまたはねあがるの。ね？　おもしろそうでしょ？」

とっさに、フレディは、にげだそうか、と思いました。この場でまわれ右して走りだす。どんどん走って大通りに出る。そこでバスに乗《の》れば、あっというまに家に帰りつく……。

でも、もし、そうやってしまえば、サーカスの仕事《しごと》はもうおしまい。あれほど楽しみにしていた給料《きゅうりょう》ももらえなくなる……。

そのとき、フレディの目に、お母さんのすがたが浮《う》かびました。

遠くの海の船の中で、毎日長い時間一生けんめい働《はたら》いているお母さん。やりたくない仕事《しごと》だって、やらなければならないのです。

お母さんは、どんなにうちにいたいと思っているでしょう。でも、一度《いちど》も不平《ふへい》をもらしたことはありません。

お母さんが家族《かぞく》のためにがんばっているのなら、自分だって、少しお金をかせいで家族《かぞく》を助《たす》けようとするのは当然《とうぜん》ではありませんか。それが、空中ブランコに乗《の》るようなおそろしい仕事《しごと》だとしても。

よし、やるしかない！　フレディは、そう決心《けっしん》しました。

「やります。」と、フレディはリサにむかっていいました。

リサは、フレディをはげますようにほほえみました。

「その調子《ちょうし》！　じゃあ、登《のぼ》っていくわよ。」

なわばしごの上まで登《のぼ》るのに、時間はかかりませんでした。

はしごのてっぺんの足場《あしば》には、ゴドフリーがまっていました。

ゴドフリーは、片手《かたて》で空中ブランコのにぎり棒《ぼう》をもち、もう一方の手で、リサとフレディを足場《あしば》に引《ひ》っ張《ぱ》り上げました。

「フレディに、どうやってネットに落《お》ちればいいか、教えたいの。わたしが先にやってみせるわね。」

「よしきた！」ゴドフリーは、空中ブランコのにぎり棒《ぼう》をリサにわたしました。

「ほらよ！」

リサは、にぎり棒《ぼう》に両手《りょうて》をおいて、フレディに説明《せつめい》しました。

「まず、何度《なんど》かブランコをこいで、それから手をはなして、落《お》ちるわね。わたしがネットにどうやって落《お》ちて、どうやってはねあがるか、見てて。かんたんなことなの。なんてことないのよ！」

そういうと、リサは前をむき、ひざを曲《ま》げて、足場《あしば》から空中にとびだしました。

「ほうら、行った。きれいなもんだ。まるで……。」

ゴドフリーが、ことばを切りました。

そのようすを見て、フレディはすぐに、何かまずいことがおこったことに気づきました。

ゴドフリーが息《いき》をのみました。

「しまった！　ネットを張《は》るのをわすれてた！」

フレディはぎょっとして、足場《あしば》のふちから、テントの天井《てんじょう》とステージとのあいだの大きな空間をのぞきました。

ブランコにぶらさがったリサは、ひざを曲《ま》げ、いきおいをつけて、ますます大きく、ますます力強くブランコをこいでいます。

ゴドフリーがさけびました。

「リサ！　手をはなすな！　手をはなすなー！」

テントのあちらのはしの天井《てんじょう》近くから、リサの声が小さく聞こえてきます。

「なんていったの？」

ゴドフリーは、両手《りょうて》をメガホンのように口に当て、さらに大声でどなりました。

「手をはなすなといったんだ！」

「手をはなせって？」後ろむきのリサの、とまどった声がかえってきます。「もう？」

「ちがう！　はなすなって、いってるんだ！」

ゴドフリーは、フレディのほうにふりむきました。

「フレディ、ロープですばやく下まですべりおりられるか？」

「ええ、とってもすばやく。」

緊急事態《きんきゅうじたい》だとわかったフレディは、とっさにそうこたえました。でも、すぐに、あわてて、それがほんとうでありますように！　と心の中で願《ねが》いました。

「よし。おれがここにいて、リサが手をはなさないように注意《ちゅうい》を引きつけておくから、おまえさんは、このロープでできるだけ速《はや》く下まですべりおりるんだ。ステージのわきにボタンのついた赤い箱《はこ》がある。ネットを自動《じどう》で張《は》る装置《そうち》だ。おりたらすぐに、そのボタンを押《お》せ。わかったか？」

フレディはうなずくやいなや、ゴドフリーがさしだしたロープにとびつき、両《りょう》足《あし》をからませました。

スルスルスルスル……。

フレディのからだが、ロープをすべりおりはじめました。予想《よそう》していたより、ずっと速《はや》く。でも、幸《さいわ》い、床《ゆか》にドシンとしりもちをつくのはまぬがれました。

フレディはおりるとすぐに、赤い箱《はこ》にむかってかけだしました。

箱《はこ》には、ゴドフリーがいったとおりのボタンがあります。

ボタンを押《お》すと、「ウィーン。」と機械《きかい》の動《うご》きだす軽快《けいかい》な音がして、それとともに、ネットが広がっていきました。

上では、ゴドフリーが、リサに手をはなさないように何度《なんど》も呼《よ》びかけていましたが、ネットが張《は》られたので、もう、落《お》ちてもだいじょうぶです。

すぐさまリサは、空中を天使《てんし》のようにくるくるまわりながら、落《お》ちてきました。フレディは、リサが落《お》ちてくるあいだ、息《いき》をのんで見つめていましたが、ネットが首尾《しゅび》よくリサのからだをうけとめたのを見て、ほっと息《いき》をはきだしました。

おどろいたことに、リサはネットにはずんで空中に舞《ま》い上がると、優雅《ゆうが》に宙返《ちゅうがえ》りをして、また落《お》ちてきました。とてもかんたんで、気持《きも》ちよさそうで、楽しそうにさえ見えます。

「フレディ、今度《こんど》はあなたの番よ！」と、リサがネットのふちからおりながらいいました。

ステージに立っていたフレディは、なわばしごの上の足場《あしば》を見上げました。

あんな高いところから落《お》ちてケガをしないなんて、ありえない気がします。でも、リサはあんなに軽々《かるがる》とやってのけたではありませんか。

フレディは、前ほどこわくなくなっていました。

「はい、ぼく、やってみます。」と、フレディはこたえました。

落《お》っこちるって、なんて楽しいんでしょう！

フレディは、おもしろくておもしろくて、三度《さんど》も落《お》っこちました。ブランコから手をはなして、ネットに落《お》ち、ポーンと何度《なんど》もはねあがって、ネットからおりる。それから、またなわばしごを登《のぼ》っていき、また手をはなして……。

フレディが落《お》ちかたをマスターすると、リサとゴドフリーは、今度《こんど》は空中ブランコにぶらさがって大きくこぐ練習《れんしゅう》をさせました。

それが終《お》わると、ふたりは本格的《ほんかくてき》なわざの説明《せつめい》をしました。

まず、ゴドフリーがにぎり棒《ぼう》にひざをひっかけ、さかさにぶらさがって、ブランコをこぎます。そして、フレディの両手《りょうて》をつかんでぶらさげていき、反対側《はんたいがわ》からブランコでやってきたリサにフレディを手わたすのです。

そのあいだ、フレディは何もする必要《ひつよう》がありません。ただ、まるで小包《こづつ》みのように、こちらからあちらへと運《はこ》ばれればいいのです。

「かんたんなことだろう?」と、ゴドフリーがいいました。「もう、おまえさん、今晩《こんばん》のショーに出られるよ。」

フレディは、あんぐりと口をあけました。

「ショーに?　今夜の?」

「そうとも。リサ、そう思うだろ?」と、ゴドフリーがリサを見ました。

リサもうなずきました。

「ええ、フレディは、どこから見ても、スターだわ。」

それから、フレディにむきなおっていいました。

「あなたはもう、サーカスの一員《いちいん》よ!」

6 空中ブランコのショー

あなたは、自分で緊張《きんちょう》をほぐそうとしたことがありますか？

それって、とてもむずかしいでしょう？　自分は緊張《きんちょう》なんかしていない、平気なんだ、と何度《なんど》自分にいい聞かせても、よけい緊張《きんちょう》するのがオチです。ぼくの手はふるえてなんかいない、といくらいってみたところで、手を見れば、実際《じっさい》ふるえているんですから。

その晩《ばん》、サーカスのテントの外で、ゴドフリーとリサといっしょに出番をまっていたフレディは、まさにそんなありさまでした。

空中ブランコ乗《の》りのキラキラ光る衣装《いしょう》を着《き》て、三人は、団長《だんちょう》が観客《かんきゃく》にむかって自分たちを紹介《しょうかい》する声を聞いていました。

「さあ、紳士淑女《しんししゅくじょ》のみなさん。」

団長《だんちょう》のマイクには、すてきにひびくエコーがかかっています。

「いよいよ、みなさんがまちにまった演技《えんぎ》のはじまりです。」

観客《かんきゃく》から、期待《きたい》にあふれたざわめきがおこりました。

「紳士淑女《しんししゅくじょ》のみなさん、わがサーカスがほこりをもって、ここにご紹介《しょうかい》いたしますのは、世界《せかい》の首都巡《しゅとめぐ》りツアーと、国際《こくさい》サーカスオリンピックから帰ったばかりの……。」

ここで、「**パラララ……**」と、楽団《がくだん》のドラムが鳴りだしました。はじめは小さく、それから、だんだんに強く。

シンバルのひと打《う》ちとともに、ドラムがピタッとやむと、団長《だんちょう》が声をはりあげました。

「空とぶトリオの三人です！　空中ブランコ界《かい》のスター、美しくしなやかなリサ。空とぶブランコのスーパーマン、恐《おそ》れを知らぬ偉大《いだい》な男ゴドフリー。そして、サーカス界《かい》のジュニア選手権《せんしゅけん》チャンピオン、大胆不敵《だいたんふてき》な夢《ゆめ》見る少年、フレディ！」

すぐに、楽団《がくだん》がにぎやかに演奏《えんそう》をはじめました。

ジャン、ジャン、ジャンジャジャン……。

「こいつが合図《あいず》なんだ。」ゴドフリーが、フレディのあばら骨《ぼね》あたりをそっとつつきました。

「さあ、行くぞ。」

フレディは深呼吸《しんこきゅう》すると、テントの中へと走っていくゴドフリーとリサにつづきました。

観客《かんきゃく》たちの拍手《はくしゅ》と歓声《かんせい》が、テントいっぱいに鳴りひびいています。

「ほら、きたよ！」

「いよいよ、はじまるぞ！」

三人は観客《かんきゃく》に深々《ふかぶか》とおじぎをすると、なわばしごを登《のぼ》りはじめました。

三人がどんどん高く登《のぼ》るにつれ、観客《かんきゃく》は、期待《きたい》と緊張《きんちょう》でどんどん無口《むくち》になっていきます。とうとう、思わずもらす小さなおどろきの声のほか、テントはシーンと静《しず》まりかえり、みんなはもう、ただ首をのばして三人の動《うご》きを見つめました。

足場《あしば》まで登《のぼ》ってくると、フレディは、見るつもりはなかったのに、やっぱり下を見てしまいました。


はるか下のほうに、たくさんの顔が豆《まめ》つぶみたいに小さく見えます。

ステージのはしに団長《だんちょう》が立っていて、こっちを見上げているのが、ちらっと見えたような気がしました。


「よし。」ゴドフリーが、ブランコのにぎり棒《ぼう》をつかみました。

「まず、おれがブランコをこぎだす。フレディ、おまえさんは、このふちに立って、両手《りょうて》をしっかり前にさしだしとくんだ。おれがこっちへこいできて、おまえさんの手首をつかんでぶらさげてむこうへこいでいく。そしたら、リサがこぎだすから、おれはおまえさんをリサにわたす。リサは、今度《こんど》はおまえさんの足首をつかんで、五、六度《ど》行ったりきたりする。そして、この足場《あしば》にもどってくる。わかったな?」

ゴドフリーは、フレディがこたえるのもまたず、すぐに大きな空間の中へ、ブラ

ンコをこぎだしていきました。

リサが、フレディを足場《あしば》のふちに立たせました。そして、ゴドフリーがこちらへこぎもどるまで、フレディのからだをささえていました。

フレディは、そこに立ちつくしたまま、できるだけ下を見ないようにしました。ブランコのにぎり棒《ぼう》に足をかけてさかさまにぶらさがったゴドフリーが、ぐーんとこちらにせまってきます。

それからあとのことは、あっというまにおきました。

手首をぐっとつかまれたと思ったとたん、リサがフレディを前に押《お》しだしました。つぎの瞬間《しゅんかん》、フレディはとんでいました。

手首をがっちりとゴドフリーにつかまれ、足をまっすぐのばし、大きな弧《こ》をえがいて風を切ってとんでいくあいだ、フレディは胃袋《いぶくろ》がひっくりかえるようでした。

ゴドフリーとフレディは、何度《なんど》も空中を行ったりきたりしました。観客《かんきゃく》の頭の上を通りすぎるたび、みんなの息《いき》をのむ声、感嘆《かんたん》の声が上がってきます。

そのうち、フレディはずいぶん落《お》ち着いてきました。むしろ、こんなことがやれて、ちょっぴり得意《とくい》な気持《きも》ちになったほどです。

フレディは、ひとこぎごとに楽しくなってきました。ふと下を見て、とんでもないことに気づき心臓《しんぞう》がとまりそうになるまでは。

「ネットがない！　ネットを張《は》るのをまたわすれてる！」

「え!?」と、ゴドフリーも下を見下ろしました。

「なんてこった！　おれとしたことが！　だが、フレディ、心配《しんぱい》するな。おまえさんを落《お》っことしやせんから。」

フレディはうめきました。

「ぼく、もうやめたい。」

でも、ゴドフリーはゆかいそうにいいました。

「おいおい、フレディ。うまくいくって。ほら、今度《こんど》はリサがつれてくぞ。」

フレディは、うめき声とともに足場へとふりもどされ、またひとうめきするうちに、リサに両足首《りょうあしくび》をつかまれて、今度《こんど》はさかさまに空中をとんでいきました。

フレディは、はるか下のほうで団長《だんちょう》が何やらやっているのに気づきました。

空中を行ったりきたり風を切ってとんでいるので、はっきりとは見えませんが、団長《だんちょう》は赤い箱《はこ》のボタンを押《お》そうとしているようです。

やっぱり、そうだ！

ネットが広がりはじめました。

よかった！　間一髪《かんいっぱつ》。

なぜって、ネットが張《は》られるやいなや、リサがこういったのです。

「わたし、くしゃみがでそう。」

そして、リサがくしゃみをした拍子《ひょうし》に、フレディの足首をつかんでいた片手《かたて》がはなれ、すぐに、もう片手《かたて》がはなれ、なんとフレディは空中へほうりだされて、クルクルまわりながら落《お》ちていったのです。

フレディのからだの下で、ネットがグーンとたわみました。

フレディは、空中にはねあげられました。それから、また下へ落《お》ち、また、はねあげられ……。

観客《かんきゃく》は、大よろこびの大かっさいです。

フレディがやっとステージに降《お》りると、スポットライトがフレディをてらしました。

こうなったら、やることはひとつ。

フレディは、深々《ふかぶか》とおじぎをしました。観客《かんきゃく》が、またワーッと歓声《かんせい》を上げました。

みんなは、フレディが落《お》ちたのは演技《えんぎ》のうちだと思っているのです。つまり、落《お》ちたのではなく、とびこんだのだと。それで、フレディの勇敢《ゆうかん》な演技《えんぎ》に拍手《はくしゅ》かっさいを送《おく》っているのです。

いつのまにか、団長《だんちょう》がそばに立って、フレディといっしょにおじぎをしました。

観客《かんきゃく》は、今度《こんど》は団長《だんちょう》にも拍手《はくしゅ》かっさいを送《おく》りました。

「よくやった！　フレディ。」と、団長《だんちょう》が、みんなに気づかれないように小声でい

います。「きみは、じつにすばらしい少年だよ！　ところで、あすのショーも、きみに出てほしいんだ。今度《こんど》はライオンつかいの助手《じょしゅ》だ。今までの助手《じょしゅ》が、よりにもよって、きのうペルーに行っちまったんでな。なんという思慮《しりょ》のないやつだ！　だが、ハリーにはもういってある。ライオンつかいのハリーに、きみがよろこんで助手《じょしゅ》をつとめるとな。」

フレディは、ぎょっとして、ステージの上でささやきました。

「え？　ぼ、ぼくが？」

団長《だんちょう》は、もう一度《いちど》観客《かんきゃく》にむかって、おじぎをしました。

にっこりわらった団長《だんちょう》の歯《は》が、スポットライトにキラリと光りました。

「そうとも、フレディ、きみだよ。信《しん》じたまえ、きみならできる。何も心配《しんぱい》することはない。あのライオンどものことは、なんにも！」

7 ライオンの檻《おり》の中で

つぎの日、フレディは、朝ごはんがのどを通りませんでした。

コックが、フレディの好物《こうぶつ》のベーコンエッグにマッシュルームをどっさりそえてもってきてくれたのに、ちっとも食べる気がしないのです。

だって、目の前に恐《おそ》ろしい試練《しれん》がまちかまえているというのに、どうしてのん気にごはんなんか食べられるでしょう？

「けさは、おなかがすいてないの？」と、となりの席《せき》にすわったリサがたずねました。

「具合《ぐあい》でも悪《わる》いの？」

フレディがだまってうなずいたので、リサがふたたびやさしく聞きました。

フレディは、手つかずの朝ごはんを見つめたまままいいました。

「そんなんじゃないんです。ライオンのことが心配《しんぱい》で。」

リサがまゆをしかめました。

「ライオン？　ライオンがどうかしたの？」

フレディは、思いきっていいました。

「団長《だんちょう》さんがいったんです。きょうは、ライオンつかいのハリーさんを手伝《てつだ》うんだって。助手《じょしゅ》がペルーに行っちゃったから、そのかわりをしなくちゃならないって。でも……でも……。」フレディは、口ごもりながら、やっといいました。「ぼく、こわくてしかたないんです。」

リサは、一瞬《いっしゅん》、ポカンとしましたが、すぐにわらっていいました。

「なんだ、そんなこと！　こわがることなんかないわよ、ライオンなんて。というか、少なくとも、うちのライオンたちは。」

フレディはいいかえしました。

「でも、ぼく、ショーで見たんです。ものすごく大きかったし、すごい牙《きば》だったし、ほえると、ほんとに恐《おそ》ろしくて……。」

リサは、手を上げてフレディの話をさえぎりました。なぜか、ゆかいそうな顔をしています。

「フレディ、ライオンをこわがるのは、当たり前のことよ。でもね、あのライオンたちは……、そうね、百聞《ひゃくぶん》は一見《いっけん》にしかず。いっしょに行きましょ。ちょっとハリーと話をして、あなたにいいもの見せてあげる。」

フレディは、リサがいっしょにきてくれると聞いて、ほっとしました。

もちろん、こわくなくなったわけではありませんが、リサの親切に、ほんの少しはげまされたのです。

リサはテーブルから立ち上がると、手のつけられていないフレディの朝食《ちょうしょく》を指《ゆび》さしました。

「そのソーセージをもってくるといいわ。」

「でも、ぼく、食べたくないんです。」

「でも、ライオンは食べたがるわ。さあ、それ、もっていらっしゃいよ。」

フレディは、いわれたようにしました。でも、ライオンにえさをやるなんてこと、考えたくはありませんでした。

だって、ライオンにわかるでしょうか？　ソーセージとフレディの指《ゆび》のちがいが。きっと、かまわずガブリとやるにきまってるではありませんか！

ライオンは、サーカスの敷地《しきち》の一番はしっこにおかれた鉄《てつ》の檻《おり》の中に入れられていました。

ライオンつかいのハリーは、檻《おり》の前のイスにすわっていました。大きなビーチパラソルの日かげに、すっぽり入って、人さし指《ゆび》のつめにやすりをかけていましたが、リサがフレディを紹介《しょうかい》したときも、やすりの手をとめませんでした。

「きみが、新しい子か？」自分のつめを見つめたまま、ハリーはいいました。「聞いてるよ。前の子より、うんといいんだってな。」そこまでいうと、ハリーはやっと顔を上げました。「ライオンたちは、あいつのことがすきじゃなかった。はっきりいって、きらってた。」

フレディはなんといっていいかわかりません。

ハリーは話をつづけました。

「おれの助手《じょしゅ》のことは、聞いただろ？　ペルーに行っちまった。プイッとな。じつは、おれも行こうかと思ってたんだ。」

リサが首をふって、きびしい口調《くちょう》でいいました。

「ハリー、ペルーなんか行けっこないでしょ。だって、だれがライオンの世話《せわ》をするのよ？」

ハリーは顔をしかめました。実際《じっさい》、ものすごくふきげんな顔です。

「おれのかわりなんか、すぐ見つかるさ。」ハリーはそういうと、フレディを横目《よこめ》で見ました。「若《わか》くて、やる気のあるやつがな。」

フレディは、だまってうつむきましたが、さけび出したい気持《きも》ちでした。

ライオンの世話《せわ》なんか、だれがやりたいもんか。自分はたしかに若《わか》いけど、やる気なんかこれっぽっちもない。ことライオンに関《かん》しては。

リサがハリーに、フレディをライオンに引き会わせるようにいいました。それから、フレディにささやきました。

「心配《しんぱい》しないでいいのよ。何も悪《わる》いことにはならないんだから。」

「リサ、あんたが行って会わせてやってくれ。おれはもう、どうだっていいんだ。」

そうハリーがいったので、ふたりは檻《おり》のところまでやってきました。

フレディは、檻《おり》の柵《さく》のあいだから、こわごわと中を見ました。四頭《とう》のライオンが、ひとかたまりに重《かさ》なり合ってねむっています。

フレディとリサが檻《おり》のとびらに近づくと、一頭《とう》のライオンが片目《かため》をあけ、ものぐさげにふたりを見ました。

「あれは、引きさき屋《や》のリッパー。となりに寝《ね》てるのが、うなり屋《や》のグラウラー。そして、あとの二頭《とう》は、わめき屋《や》のロアラーと、うろつき屋《や》のプラウラーよ。」

そのとき、ライオンたちが四頭《とう》とも動《うご》きだしました。

人間がきたのを見ると、おき上がって、のびをしたり、後ろ足でからだをかいたり、りっぱなたて髪《がみ》をふりたてたりしました。

「フレディ、ソーセージをちょうだい。」

フレディはリサに、ペーパーナプキンに包《つつ》んでもってきたソーセージを、包《つつ》みごとわたしました。

リサは包《つつ》みをうけとると、檻《おり》のとびらの取っ手に手をかけ、フレディのほうをむきました。

「いっしょに来る?」

「な、な、中に?」恐《おそ》ろしさに声がふるえます。

一方、リサはこれっぽっちもこわがっていません。

「もちろんよ、さ、入りましょ。」

ふたりが檻《おり》の中に入ると、四頭《とう》のライオンは、二、三歩あとずさりしました。

フレディはおどろきました。

ライオンが、あとずさり、する？

でも、つぎにおこったことは、それ以上《いじょう》に、まったく予想《よそう》もしなかったことだったのです。

リサが、ソーセージをライオンたちにさしだしながら、さそうようにいいました。

「さあ、おいで。おいしいソーセージよ。」

ライオンたちは、そろりそろりと近づいてきて、フンフンとソーセージのにおいをかぎました。

それから、どのライオンも、ソーセージを一本ずつ口にくわえると、犬のようにおすわりして、モグモグとかみはじめました。

そのようすを見たフレディは、腰《こし》がぬけるほどおどろきました。

「歯《は》がない！　いったい、歯《は》はどこに行っちゃったの？」

リサがわらっていいました。

「いい質問《しつもん》ね、フレディ。じつは、このライオンたち、もうかなりの年寄《としよ》りなの。もちろん、むかしは歯《は》があったわよ。でも、もう何年も前にぬけちゃったのよ。それに、つめだって、まだあるにはあるけど、とってもなまくらになってるの。」

「でも、でも、ぼく、歯《は》を見ましたよ！　この前のショーのときは、ものすごーくするどい歯《は》と牙《きば》があったんだ。」

リサが、頭をふっていいました。

「あれは、入《い》れ歯《ば》。プラスチックのね。ショーの前に、ハリーがそれぞれのライオンに入《い》れ歯《ば》をはめてやるの。でも、実際《じっさい》は、あんな入《い》れ歯《ば》じゃ、何もまともにかめやしないわ。そして、こうやって入《い》れ歯《ば》をはずしちゃうと、ものを食べるときも、けっこう苦労《くろう》するってわけ。ソーセージだって、やっとこさ食べてるでしょ？」

それでも、フレディは不安《ふあん》をうったえました。

「でも、ショーのとき、ライオンはとっても獰猛《どうもう》でしたよ。ほえたり、うなったりして。」

「そりゃ、ほえはするわよ。でも、怒《おこ》ってほえてるわけじゃないの。サーカスのステージでは恐《おそ》ろしい猛獣《もうじゅう》としてふるまうよう、訓練《くんれん》されてるだけなのよ。実際《じっさい》は、虫もころせないほど、おとなしくて、はずかしがり屋《や》なの。こわいのは名前だけ。」

フレディが見ている前で、リサはかがんで、グラウラーの頭をポンポンとたたきました。ちょうど、自分のうちのネコでもかわいがるように。

すると、ライオンは、まるで大きなネコみたいに、せなかを丸め、グルルルと気《き》持《も》ちよさそうに声を立てました。

「ほらね。とってもなれてるでしょう？　フレディ、あなたも、プラウラーをなでてあげなさいよ。同じようにしてあげないと、いじけちゃうわ。」

そこで、フレディは、おそるおそる、プラウラーに近づいていきました。

プラウラーは、じっとフレディを見ていましたが、いきなり前に出てきました。

フレディは、心臓《しんぞう》がとまるほどおどろきました。

でも、それは、フレディの手をなめようとしただけだったのです。ほら、プラウラーは、まるで犬みたいにフレディの手をなめはじめました。

「プラウラーは、あなたがすきみたい。そんなふうになめるのは、相手《あいて》を気に入ったときだけだもの。」

ライオンに、気に入られた？　フレディはうれしくなってしまいました。

そして、決心《けっしん》しました。

よし！　ライオンたちとなかよくなろう！

それから三十分のあいだに、フレディとライオンたちはさらに親しくなりました。リサが、ライオンのすきな遊《あそ》びをやってみせてくれたので、フレディもいっしょにやりました。

投《な》げたボールをライオンがとってくる。ライオンと綱引《つなひ》きをする。それから、ライオンとかくれんぼ。

やがて、ふたりはライオンの檻《おり》から出ました。フレディがスポットライトみがきの手伝《てつだ》いをする時間になったからです。

「じゃあ、今夜のショー、がんばってね！」と、リサがいいました。

「ありがとう。」

フレディの恐怖《きょうふ》は消《き》えていました。それどころか、今夜、ライオンつかいのハリーといっしょに、新しく友だちになったライオンたちの檻《おり》に入るのが、まちどおしいほどです。

自分がライオンつかいになるなんて、そんな大《だい》それたこと、フレディは夢《ゆめ》にも思っていませんでした。でも、もうすぐ、そうなるのです。そう思うと、なんだかちょっぴりほこらしい気持《きも》ちです。

フレディはつぶやいてみました。

「ライオンつかい、フレディ・モール！」

うん、なかなかいいぞ。

フレディは、けっしていい気になっているわけではありません。ひとりでそっとそんなことばをつぶやくことは、自慢《じまん》でもなんでもないのです。

8

百獣《ひゃくじゅう》の王とともに

その夜、サーカスは大入り満員《まんいん》でした。

まるで川のように、お客《きゃく》がテントの中に流《なが》れこんできます。

フレディは、テントの入口近くに立ちました。いよいよ、ハリーの助手《じょしゅ》として、ライオンに芸《げい》をさせるのです。

ハリーがライオンつかいの制服《せいふく》を貸《か》してくれたので、フレディは、すばらしい服《ふく》に身《み》を包《つつ》んでいました。カーキ色の特別《とくべつ》な乗馬《じょうば》ズボン、軍服《ぐんぷく》のような短《みじか》い茶色い上《うわ》着《ぎ》に、ピカピカにみがかれた革《かわ》のブーツです。

リサが、ほれぼれとながめていいました。

「あなた、すっかりライオンつかいよ。」

さて、ショーの最初《さいしょ》に登場《とうじょう》するのは、ピエロです。

観客《かんきゃく》はピエロが大すき。ふたりのピエロが、カスタードパイをたがいの顔に投《な》げつけるたびに、観客《かんきゃく》は大よろこびで歓声《かんせい》を上げます。

おつぎは、犬の曲芸《きょくげい》と馬のおどり。どちらも、ショーが終《お》わったあとまで拍手《はくしゅ》が鳴りやみませんでした。

そのつぎは、リサとゴドフリーの空中ブランコ。きょうは、フレディぬきの演技《えんぎ》です。

ふたりのブランコがテントの天井《てんじょう》を行ったりきたりしている最中《さいちゅう》、団長《だんちょう》がフレディのところへやってきました。

「ハリーはどこにいる？　フレディ、今晩《こんばん》、ハリーを見たか？」

フレディは、首をふってこたえました。

「ハリーさんは、出番の十分前になったら、ここで会おうといっていました。まだ、きていませんけど。」

団長《だんちょう》は、腕時計《うでどけい》をちらっと見ました。

「まずいな。ハリーのやつ、二度《にど》とショーをすっぽかさんと約束《やくそく》したんだが。どうも、今回もやっちまったらしい。」

「ハリーさんは絶対《ぜったい》にきますよ。」

「おれは、そうは思わん。」と、団長《だんちょう》は怒《おこ》ったようにいいました。「おそらく、ペルーかどっか、そんなところへ高飛《たかと》びしたんだろう。前にもやられたことがあるんだ。」団長《だんちょう》は、また腕時計《うでどけい》を見ました。「あと四分しかない。もうむりだ。」

フレディは、ひどくがっかりしてしまいました。ライオンといっしょにステージに上がることを、とても楽しみにしていたのです。

ショーをとりやめてほしくないばかりに、フレディはあまり考えもせず、こういってしまいました。

「ぼくがやります。」

団長《だんちょう》が、たまげた顔でフレディを見ました。

「きみ、ひとりで?」

自分がいいだしたにもかかわらず、フレディはすぐには返事《へんじ》ができませんでした。

ゴクッとつばをのみこんで、すばやく考えをめぐらしました。

ひとりでやれるほど、自分は勇気《ゆうき》があるだろうか。

けれども、ライオンたちは、見かけは恐《おそ》ろしくても、ほんとうはとてもおとなしいのです。

歯《は》は入《い》れ歯《ば》で、かみつくことができません。それに、つめだってなまくらで……。

フレディは、決心《けっしん》しました。

「はい、やります。お役《やく》に立ちたいんです。」

団長《だんちょう》は、にわかに信《しん》じられないようすでしたが、すぐにほほえんで、フレディのせなかをドンとたたきました。（もちろん、親しみをこめて、です。）

「そうとも、フレディ！　それがサーカス魂《だましい》ってもんだ！　やってやれ！」

四頭《とう》のライオンは、もうテントのそばの小さなかこいの中に移動《いどう》させられていました。

フレディは、団長《だんちょう》といっしょに、そこに行きました。そのあいだに、テントの中では、ショーのための檻《おり》がすばやく組み立てられました。

ライオンたちは、ショーがはじまるのを今か今かとまっています。というのも、芸《げい》をするたびに、ごほうびがもらえるからです。

今、四頭《とう》は、文句《もんく》もいわず、おとなしくすわって大きく口をあけ、入《い》れ歯《ば》を入れてもらっています。

入《い》れ歯《ば》が入ると、四頭《とう》はよろこび勇《いさ》んで、でも、たいへんお行儀《ぎょうぎ》よく、フレディのあとから一列《いちれつ》になって、サーカスのテントに入っていきました。

空中ブランコの演技《えんぎ》を終《お》えたリサとゴドフリーが、最後《さいご》のおじぎをすると、団《だん》長《ちょう》がステージへ出ていきました。

帽子《ぼうし》をふり、今から大事《だいじ》な発表《はっぴょう》をします！　という合図《あいず》をしたあと、団長《だんちょう》は大声でいいました。

「さてさて、紳士淑女《しんししゅくじょ》のみなさん、いよいよ今夜のサーカスのハイライト、ライオンのショーのはじまりです！　登場《とうじょう》しますのは、ジャングルからやってきた四頭《とう》の百獣《ひゃくじゅう》の王《おう》、引きさき屋《や》のリッパー、うなり屋《や》のグラウラー、わめき屋《や》のロアラーと、うろつき屋《や》のプラウラー、そして、四頭《とう》を自由自在《じゆうじざい》にあやつる、世界《せかい》に名だたるライオンつかい、フレディ・モール!!」

団長《だんちょう》のこの口上《こうじょう》を聞いたフレディは、顔はもちろん、頭の皮《かわ》までまっ赤《か》になりました。

世界《せかい》に名だたる、なんて、とんでもありません。でも、団長《だんちょう》のいうことはいつもちょっぴり、いや、だいぶ大げさです。たぶん、それがサーカスのやりかたなのでしょう。

でも、フレディは、そんなことをぐずぐず考えているひまなどありませんでした。観客《かんきゃく》の拍手《はくしゅ》かっさいを聞いたライオンたちが、それにこたえるようにほえたてながら、フレディを追《お》いこしてステージにとびこんでしまったのです。

けれど、そのあとフレディは、ほとんど何もする必要《ひつよう》がありませんでした。やることは、ライオンたちが全部心得《ぜんぶこころえ》ていたからです。

四頭《とう》は、ステージにおかれた四つの金属製《きんぞくせい》のイスにとびのると、観客《かんきゃく》を恐《おそ》ろしい目つきでにらみつけ、いかにも恐《おそ》ろしいライオンらしく、「**ガオーッ**」とほえてみせました。

フレディが四頭《とう》のすぐ前をゆっくり歩いていくと、引きさき屋《や》のリッパーは意地《いじ》の悪《わる》そうなうなり声を上げ、フレディをつめの生えた前足でたたこうとしました。

観客《かんきゃく》は、いっせいに「**キャーッ**」と悲鳴《ひめい》を上げ、ひとりの女の子などは、ほんとうに気を失《うしな》ってしまいました。ただ、その三秒後《びょう》には、アイスクリームをくちびるに押《お》しあてられて息《いき》を吹《ふ》きかえしましたが。

フレディは、リッパーのやっていることはみな演技《えんぎ》だとわかっていました。だって、リッパー自身《じしん》が、うなりながらフレディにウィンクをよこしたのですから。

ライオンたちは、それぞれの役《やく》をじゅうぶんに演《えん》じきりました。四頭《とう》は、恐《おそ》ろし

そうにほえたり、うなったり、ステージの上をたて髪《かみ》をふりたててゆっくりと歩きまわったり、おたがいにちょっとした取《と》っ組《く》み合《あ》いをやってみせたりしました。

もちろん、フレディは、そんな取《と》っ組《く》み合《あ》いは、ただじゃれあっているだけだと知っていましたが、何も知らない観客《かんきゃく》たちは、恐《おそ》ろしさにふるえあがりました。

ライオンたちが最後《さいご》の芸当《げいとう》をやり終《お》えて、もとのかこいのほうへととびはねながら帰っていくと、ステージにのこったフレディに、観客《かんきゃく》たちは嵐《あらし》のような拍手《はくしゅ》かっさいを浴《あ》びせました。

「ブラボー！」これは、「よくやった！」という意味《いみ》です。

「ブラビッシモ！」これは、「最高《さいこう》によくやったぞ！」という意味《いみ》です。

人々のこのようなほめことばに、フレディはたいへんていねいなおじぎをかえしました。そして、一歩下がって最後《さいご》のおじぎをしようとしたときです。今まで興奮《こうふん》のうずの中で見落《みお》としていたものに、はっと気づきました。

あれは？　ずっと後ろの値段《ねだん》の安《やす》い観客席《かんきゃくせき》にすわっているのは、お父さんだ！

それと……。

フレディは、その席《せき》をじっと見つめました。

こんなことって、あるだろうか？　いや、まさか！

でも、まぼろしではありません。お父さんのとなりにすわっているのは、どう見てもお母さんです。

フレディは思わずさけんで、手をふりました。

「お母さん！」

フレディのお母さんは立ち上がり、手をふりかえしました。それから、お父さんも立って、同じようにフレディに手をふりました。

テントの中のすべての目が、立っているふたりに吸《す》いよせられました。

観客《かんきゃく》たちは、すぐにはわかりませんでした。

この立ち上がって手をふっている男女は、いったいだれだろう？

そのとき、フレディがさけびました。

「あれは、ぼくのお父さんとお母さんです！」

観客《かんきゃく》は、この事実《じじつ》に大よろこび。すぐにフレディの両親《りょうしん》にむかって、大きな拍手《はくしゅ》を送《おく》りました。

「あの子も勇敢《ゆうかん》だけど、ご両親《りょうしん》の勇気《ゆうき》もすばらしいわ！」と、近くにすわっていた女の人がさけびました。

すると、前のほうの席《せき》にいた男の人が、大声でいいました。

「ふたりとも、どうぞステージへ！　こんな勇敢《ゆうかん》な少年に息子《むすこ》を育《そだ》て上げたんだ。みんなの拍手《はくしゅ》をうけなくちゃ！」

この提案《ていあん》に、テントじゅうの人が、「そうだ！」「そうよ！」と賛成《さんせい》しました。

フレディの両親《りょうしん》、テッド・モールとドリス・モールは、とてもひかえめな人たちでしたが、ふたりとも自分たちの息子《むすこ》をたいへんほこりにしていました。しかも、たった今、息子《むすこ》が最高《さいこう》にすばらしいことをやってのけたのです。

そこで、ふたりは、客席《きゃくせき》のあいだをずっと前まで進《すす》んでいって、ステージに上がりました。

フレディは、ふたりのほうへかけていき、お母さんの腕《うで》にとびこみました。

これをまっていたかのように、観客《かんきゃく》は「ワーッ。」と歓声《かんせい》を上げ、口々《くちぐち》にさけびました。

「ほら、あんなにお母さんを愛《あい》してる！」

「あの子、お父さんそっくりよ！　どっちもとってもハンサムね！」

お母さんがフレディにいいました。

「ライオンつかいになったなんて、聞いてなかったわよ、フレディ。あんな恐《おそ》ろしい猛獣《もうじゅう》のそばに立ててるなんて、ほんとに大《たい》したものだわ。」

そこで、フレディはささやきました。

「ほんとのことをいうとね、お母さん、あのライオンたち、ぜんぜん恐《おそ》ろしくないんだよ。そう見えるだけで。」

すると、お父さんがわらっていいました。

「だが、あの牙《きば》を見ただけでも、じゅうぶん恐《おそ》ろしいぞ。」

「入れ歯《いれば》。あれは入れ歯《いれば》なんだよ。おばあちゃんが入れてるのと、同じやつ。」

「たとえそうだとしても、わたしたちはみんな、たっぷりショーを楽しんだ。わたしはね、フレディ、おまえのことがほこらしくてほこらしくて、天にものぼる気持《きも》ちだよ。」

9

団長《だんちょう》のいい考え

ショーが終《お》わって、テントから観客《かんきゃく》がいなくなると、フレディと両親《りょうしん》も、テントの出口へとむかいました。

ところが、外へ出たとたん、団長《だんちょう》に呼《よ》びとめられました。

「三人とも、どこへ行くおつもりですかな？」と、団長《だんちょう》はフレディたちの前に立ちました。

フレディは心配《しんぱい》しました。団長《だんちょう》は、フレディがショーのあと片《かた》づけもせずに帰ってしまうとでも思ったのでしょうか。

もちろん、そんなこと、フレディは夢《ゆめ》にも思っていません。根《ね》っからの働《はたら》き者《もの》のフレディは、仕事《しごと》をさぼるなんてことは思いもつかないのです。

「団長《だんちょう》さん、ぼくはただ、両親《りょうしん》にさよならをいおうとしていただけです。それがすんだら、すぐにもどって、テントの中のゴミを片《かた》づけるつもりでした。うそじゃありません。」

すると、団長《だんちょう》はわらいました。

「フレディ、きみが仕事《しごと》をさぼるなんて、そんなこと、これぽっちも思わんよ。わたしはただ、きみたち三人を招待《しょうたい》したいのさ。」

そういうと、団長《だんちょう》は礼儀《れいぎ》正しく、フレディの両親《りょうしん》におじぎをしました。

「事務所《じむしょ》でお祝《いわ》いをやります。参加《さんか》してくれませんか。フレディ、きみのご両親《りょうしん》にはシャンペンが用意《ようい》してある。きみにはサイダーだ。シャンペンほどの泡《あわ》じゃないかもしれんが、とにかく泡《あわ》は出るぞ。」

三人はこの招待《しょうたい》を快《こころよ》くうけ、団長《だんちょう》にしたがって「サーカス事務所《じむしょ》」と書かれたキャンピングカーに入りました。

フレディの家族《かぞく》がイスにすわると、団長《だんちょう》がシャンペンとサイダーをつぎました。

団長《だんちょう》は、グラスを高く上げていいました。

「サーカスの勇敢《ゆうかん》なライオンつかい、フレディ・モールに、乾杯《かんぱい》！」

フレディは、みんなにお礼《れい》をいい、サイダーをちょっぴりのみました。

それから、お母さんにいいました。

「お母さんが船からもどってきてくれて、うれしいよ。」

「わたしも、もどってこれて、うれしいわ。南アメリカの南端《なんたん》、ホーン岬《みさき》から、きのう帰ったばかりなの。あそこは波《なみ》が高くて、たいへんだったわ。」

するど、団長《だんちょう》がいいました。

「ほんとに、無事《ぶじ》にもどられて何よりです、奥《おく》さん。わたしは、いつもいっとるんですよ。地面の上は、海よりうんと乾《かわ》いているとね。奥《おく》さんもそう思うでしょう？」

「ええ、もちろん。それについては、あなたに反対《はんたい》する人なんて、ほとんどいないと思いますわ。」

すると、お父さんのテッド・モールが、口をはさみました。

「たしかに、海はまちがいなく、ひじょうにぬれています。そのうえ、荒《あ》れるとな

ると、まるで巨大《きょだい》な洗濯機《せんたくき》ですよ。わたしはいつも、そう思っているんです。」

「じつに同感《どうかん》。奥《おく》さんが無事《ぶじ》に洗濯機《せんたくき》から、いや海から帰ってこられて、よかった、よかった！」

自分のへたな冗談《じょうだん》に、礼儀《れいぎ》正しいフレディがわらったので、団長《だんちょう》はたいへん満足《まんぞく》しました。そして、今度《こんど》はフレディのお父さんのほうをむいて、洗濯機修理業《せんたくきしゅうりぎょう》の商売《しょうばい》は最近《さいきん》どんな具合《ぐあい》かと、たずねました。

お父さんのテッド・モールは、なんとかやっているものの、それほどもうからない商売《しょうばい》だとこたえました。

団長《だんちょう》はうなずきながら聞いていましたが、何か考えこんでいるようでした。そして、テッド・モールが、洗濯機《せんたくき》を修理《しゅうり》しても、料金《りょうきん》をはらってもらえないこともたびたびあるという話をすると、まゆをしかめて、頭をふりました。

「それはひどい。あなたのような働《はたら》き者《もの》は、もっとむくわれてしかるべきですよ。」

それから、団長《だんちょう》はちょっと考えていましたが、やがて、口を開きました。

「わたしに、いい考えがある。」

みんなは団長《だんちょう》を見つめ、そのいい考えが話されるのをじっとまちました。

団長《だんちょう》が話をつづけました。

「実際《じっさい》、とってもいい考えなんです。もし、あなたがたが許《ゆる》してくれたら、ここで披露《ひろう》しますよ。」

「どうぞ、お話しください。」と、テッド・モールがいいました。

「まず、話すべきは、あなたがたのフレディが、たいへんすばらしい少年だということです。働《はたら》き者《もの》だし、礼儀《れいぎ》正しいし、前にいた少年の十倍《じゅうばい》はいい。いや、二十倍もいい少年だ。」

それを聞くと、お父さんはフレディにいいました。

「よくやった、フレディ。母さんもわたしも、とてもほこらしいよ。」

「そうですとも。そこで、わたしの考えというのは、こうです。ごらんのように、サーカスではたくさんの人が働《はたら》いております。というのも、たいていが家族《かぞく》ぐるみで働《はたら》いておるからなんです。そこで、わたしは考えたのだが、あなたがたの家族《かぞく》も、うちのサーカスに入るというのはいかがだろうか？　わたしには息子《むすこ》がおりません。そして、実際問題《じっさいもんだい》として、わたしが引退《いんたい》したら、このサーカスを、だれかが引きついでやっていかなくてはならんのです。いや、今すぐというわけではなく、将来《しょうらい》は、という意味《いみ》だが。とにかく、その仕事《しごと》にぴったりの人物《じんぶつ》を、わたしはひとりしか知りません。その人物《じんぶつ》とは、ここにいるフレディ少年です。わたしは、ほんとうに心から、フレディ以上《いじょう》にぴったりの人物《じんぶつ》を思いつかんのです。」

フレディは息《いき》をのみました。

聞きまちがいだろうか？

人はときどき、聞きたい聞きたいと思っていることがあると、それを聞いたと思いこんでしまう場合があります。つまり空耳《そらみみ》です。

今、自分が聞いたと思ったことは、空耳だろうか？　それとも、ほんとうに団《だん》長《ちょう》がしゃべったことなんだろうか？

団長《だんちょう》は、今度《こんど》はフレディのお母さんのほうをむいて話しはじめました。

「奥《おく》さん、もしかしたら、より……、なんと申《もう》しましょうか、より逍遥的《しょうようてき》でない仕事《しごと》をお望《のぞ》みではありませんかな?」

フレディは、ポカンとしてしまいました。逍遥的《しょうようてき》? なんだかすてきなひびきのことばだけど、どういう意味《いみ》なんだろう?

お父さんが、息子《むすこ》の顔を見て、ささやきました。

「逍遥的《しょうようてき》というのは、旅《たび》をしてまわるという意味《いみ》の、とても上等《じょうとう》なことばなんだよ。」

お母さんは、団長《だんちょう》にこたえました。

「おっしゃるとおりです。実際《じっさい》、ホーン岬《みさき》をまわったときは、海が荒《あ》れて、船はまるで木《こ》の葉《は》のように揺《ゆ》られたんです。そのとき、わたくし、思いましたわ。こんな仕事《しごと》より楽《らく》な仕事《しごと》が、どこかにきっとあるにちがいないと。」

団長《だんちょう》がいいました。

「あなたがた家族《かぞく》に、ぴったりのキャンピングカーを用意《ようい》できます。とても大きくて、お子さんがたのスペースもたっぷりあります。また、フレディの出るショーは夜ですから、昼間は学校にも行けます。フレディの出番をプログラムのはじめのほうにもってきて、フレディが、ふつうの子どもの寝《ね》る時間にちゃんとベッドに入れるようにすることもできます。」

「それはいい。毎日きちんと睡眠《すいみん》をとることは、とても大事ですから。たとえライオンつかいだとしても。」と、お父さんがいいました。

「いかにも。」と、団長《だんちょう》がそれに応《おう》じました。

フレディは、お父さんを見ました。今までのところ、団長《だんちょう》の申《もう》し出《で》は、またとないチャンスのように聞こえます。

けれども、フレディは知っています。いや、子どもは、みんな知っています。おとなというものは、そんなチャンスがどんなに貴重《きちょう》なものか、理解《りかい》できないこともあるのです。

フレディはつぶやきました。ほとんどだれにも聞こえないくらい小さな声で。

「お願《ねが》い。申《もう》し出《で》をうけて。」

ところが、お父さんにはちゃんと聞こえたのです。そこで、妻《つま》のほうをむいて、ほんの少し、ひそひそ声で相談《そうだん》しました。それから、団長《だんちょう》のほうにむきなおっていいました。

「わかりました。フレディさえよければ、お申《もう》し出《で》をおうけしましょう。」

フレディは即座《そくざ》にいいました。

「もちろん、ぼくはいいよ。お父さん、この決定《けってい》、お父さんが今までに下した中で、一番いい決定《けってい》だね。」

お父さんは首をふりました。

「いいや、わたしが下した一番いい決定《けってい》は、ここにいるお母さんと結婚《けっこん》したことさ。」

このことばは、世《よ》の中《なか》の奥《おく》さん方《がた》が、夫《おっと》に一番いってほしいことばです。そして、もちろん、モール夫人《ふじん》も、これを聞いて、とてもうれしく思いました。

「そして、わたしが下した一番よい決定《けってい》は、あなたからの結婚《けっこん》の申《もう》し出《で》に、『はい』とこたえたことですわ。」

団長《だんちょう》が張《は》りきっていいました。

「これで、みんなが満足《まんぞく》というわけだ。では、いつからきてくれますかな？」

「あすから。」と、お父さんはこたえました。「じつは、わたしの洗濯機修理業《せんたくきしゅうりぎょう》をゆずってほしいという人がいるのです。あすの朝一番に、その人に商売《しょうばい》のすべてを売《う》りわたし、それから、すぐ荷造《にづく》りしてこちらへきますよ。」

「それは、願《ねが》ったりかなったりだ。だが、わたしは、まだ給料《きゅうりょう》のことを何も話していませんでしたな。さあ、これが、毎月しはらうつもりの金額《きんがく》です。」と、団長《だんちょう》が紙切れに数字を書いて、フレディのお父さんにわたしました。

お父さんは、それを見ると、目を丸くしました。

「これは、大《たい》した金額《きんがく》だ。ずいぶん気前がいいんですね。」

「勤勉《きんべん》と才能《さいのう》には、ちゃんとした報酬《ほうしゅう》がしはらわれるべきですからな。」と、団《だん》長《ちょう》がきっぱりといいました。

10 その後

こうして、モール一家は、新しい生活をはじめ、たいへん幸《しあわ》せになりました。

お父さんのテッド・モールは、すぐに、サーカスになくてはならない人になりました。いろんなこわれたものを修理《しゅうり》したので、すべてのものが順調《じゅんちょう》に動《うご》くようになったのです。

そのうえ、サーカスの人たちの仕事《しごと》がもっと楽《らく》になるような発明《はつめい》もしました。たとえば、滑車《かっしゃ》や巻《ま》き上《あ》げ機《き》をつかって、今までの半分の時間でテントを張《は》れるしくみをつくりました。

お母さんのモール夫人《ふじん》は、犬のショーの担当《たんとう》を引きつぎました。というのは、今まで犬のショーをやっていた女の人が、有名な登山家《とざんか》と結婚《けっこん》し、サーカスをやめてインドの山へいっしょに登《のぼ》りに行きたいといったからです。

犬たちは、この新しい調教師《ちょうきょうし》がたいへん気に入りました。そして、モール夫人《ふじん》に協力《きょうりょく》して、新しいいろいろな芸当《げいとう》がやれるようになりました。

フレディの幼《おさな》い双子《ふたご》の弟と妹さえ、自分たちなりにできることを見つけました。ふたりは、サーカスのおとなしいオオカミととても仲《なか》よくなったのです。

そこで、団長《だんちょう》は、テントの入口に檻《おり》をおき、小さな出《だ》し物《もの》をはじめました。檻《おり》には、「ロムルスとレマ、ローマからやってきた双子《ふたご》の野生児《やせいじ》」と書かれています。中には、オオカミといっしょに、フレディの双子《ふたご》の弟と妹がすわっていて、オオカミが幼《おさな》い双子《ふたご》に鼻《はな》をこすりつけたり、顔をなめたりしています。

双子《ふたご》はそうされるのが大すきで、ときどき、まるでオオカミのような遠吠《とおぼ》えをします。すると、まわりに集まった観客《かんきゃく》が、おどろいたりよろこんだりするというわけです。

こんな具合《ぐあい》で、フレディの一家は、前よりもお金をかせぐことができ、新しい服《ふく》も買えるようになりました。

今では、フレディはくつ下を五足《そく》もっていて、毎日とりかえることができます。さらに、誕生日《たんじょうび》に団長《だんちょう》からプレゼントされたブタの貯金箱《ちょきんばこ》に、お金をたくさん貯《た》めています。

お父さんのテッドは、新しい背広《せびろ》を買い、大きなヘッドライトのついた車も買いました。車体が赤と白でぬりわけられた、しゃれた車です。

お母さんのモール夫人《ふじん》は、ひじかけイスと、本物《ほんもの》の真珠《しんじゅ》のネックレス、それに、本箱《ほんばこ》いっぱいの本を買いました。もともと本を読むのがすきでしたが、今では、海に関《かん》する本をたくさん読んでいます。

フレディの家族《かぞく》のだれもが、前よりうんと幸《しあわ》せになりました。その一番の理由《りゆう》は、サーカスでの仕事《しごと》が、たくさんの人たちをワクワクさせたり、よろこばせたりしたからです。

だって、もし、あなたがほかのだれかを幸《しあわ》せにすることができたら、あなた自身《じしん》も幸《しあわ》せになるでしょう？　このことは、だれだって知っていますよね。

ところで、ライオンはどうなったのでしょう？　じつは、とても意外《いがい》な話があるのです。

団長《だんちょう》は、以前《いぜん》から、ライオンは野生《やせい》にもどすほうが幸《しあわ》せではないかと考えていました。

そこで、ある日のこと、ライオンたちに自由《じゆう》をあたえようと決心したのです。四頭《とう》のライオンは、アフリカの自然動物保護区《しぜんどうぶつほごく》に送《おく》られました。そして、ふつうのライオンとしてくらすように、そこにはなされたのです。

ところが、ライオンたちはよろこびませんでした。問題《もんだい》は、入《い》れ歯《ば》のことだけではありませんでした。野生《やせい》のライオンにもどるということ自体《じたい》が、四頭《とう》にとってはやっかいな問題《もんだい》だったのです。

ライオンたちは思いました。野生《やせい》の生活は、自分たちには少々野性的《やせいてき》すぎる。

だから、四頭《とう》は、大草原のまん中にはなされるたび、すぐに保護区《ほごく》の事務所《じむしょ》までもどってきてしまいました。

とうとう、事務所《じむしょ》の人たちはこう判断《はんだん》しました。このライオンたちは、サーカスにもどったほうが幸《しあわ》せなんだと。

そこで、四頭《とう》のライオンは、またサーカスにもどされました。

ライオンたちは大よろこび。まるで四匹《ひき》の子犬のように、フレディのまわりをとびはね、フレディの顔をなめました。

もうひとつ、おどろくべき話があるのです。

二、三年前のこと、いや、去年《きょねん》のことだったかな。とにかく、わたしは、見知らぬ町を列車《れっしゃ》に乗《の》って通りすぎていました。列車《れっしゃ》は、町の中心部《ちゅうしんぶ》から郊外《こうがい》へと走っていきます。

と、そのとき、列車《れっしゃ》が、サーカスのテントの張《は》られた広場を通っていることに気づきました。

わたしは窓《まど》の外を見ました。ちょうど雨がふっていて、窓《まど》ガラスには雨つぶが小さな川のように流《なが》れていましたから、外は、はっきりとは見えませんでした。

それでも、大きなテントは見えましたし、そのてっぺんにかかげられた旗《はた》も見えました。そして、なんとその旗《はた》には、「フレディ・モール　大サーカス」と書かれていたのです。

わたしは、もっとよく見ようと首をのばしました。けれど、列車《れっしゃ》はどんどんスピードを増《ま》し、サーカスは後ろへ後ろへとどんでいきます。

すぐに線路《せんろ》がカーブし、列車がサーカスとは反対《はんたい》の方向《ほうこう》に走っていったので、サーカスは完全《かんぜん》に見えなくなってしまいました。

でも、わたしは、たしかに見ました。

旗《はた》に書かれた「フレディ・モール　大サーカス」の文字に、見まちがいはありません。

そして、その文字こそ、もうひとつのわくわくする話を、わたしたちに語りかけているのです。

みなさんも、そう思うでしょう？

訳者《やくしゃ》あとがき

みなさんは、サーカスを見たことがありますか。今は、テレビや映画《えいが》ではない生のサーカスを見た人は少ないかもしれませんね。

しかし、みなさんのおじいさんやおばあさんが子どものころまで、日本にもたくさんのサーカス団《だん》があって、地方の町を回ってサーカスをやっていたのです。

町の広場にサーカスの大きなテントの小屋掛《こやが》けが始《はじ》まると、子どもたちは集《あつ》まってきて、今か今かと見物《けんぶつ》しました。いよいよサーカスが始《はじ》まるときは、楽隊《がくたい》が町にくりだして知らせました。動物《どうぶつ》や何か独特《どくとく》のにおいに満《み》ちたテントの中では、空中ブランコ、綱渡《つなわた》りや一輪車《いちりんしゃ》、ピエロの演技《えんぎ》のほかにも、大きな地球儀《ちきゅうぎ》のような金網《かなあみ》の中を、人がバイクに乗ってグルグル走り回るという出《だ》し物《もの》もありました。芸《げい》をする動物《どうぶつ》も、馬や犬だけでなく、象《ぞう》、ライオン、トラ、熊《くま》、ときには、ボクシングをするカンガルーまでいました。観客《かんきゃく》は、大人も子どももとなりあってすわり、恐《おそ》ろしい猛獣《もうじゅう》にいっせいにふるえあがったり、きたえられた芸人《げいにん》たちの信《しん》じられない離《はな》れ技《わざ》に大口を開けて見とれては拍手《はくしゅ》かっさいしたものです。ゲームやスマホはもちろん、テレビすらなかった時代に、サーカスは、年齢《ねんれい》をこえて楽しめる娯楽《ごらく》。それでいて、何かこわいような、見るのは楽しいけれど、やる側《がわ》には絶対《ぜったい》になろうと思わない、不思議《ふしぎ》な別世界《べっせかい》だったのです。

そんなサーカスのステージに、スターとして立つことになったフレディ。お父さんのいった通り、「思いもよらないとき幸運《こううん》にめぐりあった」といえるでしょう。フレディは、そのチャンスを勇敢《ゆうかん》につかみとり、そののち、おそらく大サーカスの団長《だんちょう》になったのです。

ほんとうに、人間には先のことはわかりません。

「人生は決《けっ》してあまくない。だが、夢《ゆめ》をもつのは悪《わる》いことじゃない。大切なことは、絶対《ぜったい》に望《のぞ》みをすてないことだ」

フレディのお父さんのこの言葉を、わたしたちも信《しん》じようではありませんか。

もりうちすみこ

アレグザンダー・マコール・スミス 作者

アフリカ南部ジンバブエ生まれのイギリス人。法学者。小説家。子どもの本だけでなく、おとな向けの本も多数発表し、人気をえている。ほかの作品に『アキンボ』シリーズ（文研出版）などがある。

もりうちすみこ 訳者

翻訳家。福岡県生まれ。訳書『ホリス・ウッズの絵』（さ・え・ら書房）で第52回産経児童出版文化賞、訳書『真実の裏側』（めるくまーる）で、第50回同賞・推薦図書に選ばれる。他の訳書に『アキンボ』シリーズ、『リトル・パパ』（文研出版）、『クジラに救われた村』（さ・え・ら書房）など多数。

かじりみな子 画家

1976年兵庫県姫路市生まれ。武蔵野美術大学油絵学科卒業。『ドリーム・アドベンチャー～ピラミッドの迷宮へ～』（もりうちすみこ訳、偕成社）で挿絵を担当。絵本に『ゆきがふるまえに』、『ふたつでひとつ』（偕成社）がある。東京都在住。

文研ブックランド
ライオンつかいのフレディ
作　者　アレグザンダー・マコール・スミス
訳　者　もりうちすみこ
画　家　かじりみな子

2017年12月30日　第1刷
2018年 5 月30日　第3刷
ISBN978-4-580-82336-5
NDC933　A5判　128p　22cm

発行者　佐藤徹哉
発行所　文研出版　〒113-0023　東京都文京区向丘 2－3－10　☎(03)3814-6277
〒543-0052　大阪市天王寺区大道 4-3-25　☎(06)6779-1531
http://www.shinko-keirin.co.jp/

表紙デザイン　花本浩一
印刷所／製本所　株式会社太洋社